蒙塔巴诺警长探案系列

蒙塔巴诺警长探案系列

蒙塔巴诺警长探案系列

蜘蛛的耐心

[意] 安德烈亚·卡米莱里　著

张　莉　译

LA PAZIENZA DEL RAGNO

Andrea Camilleri

新 华 出 版 社

图书在版编目（CIP）数据

蜘蛛的耐心 / (意) 安德烈亚·卡米莱里著；张莉译.
-- 北京：新华出版社, 2018.4（蒙塔巴诺警长探案系列）
ISBN 978-7-5166-3973-3

Ⅰ.①蜘…　Ⅱ.①安…　②张…　Ⅲ.①长篇小说－意大利－现代
Ⅳ.①I546.45

中国版本图书馆CIP数据核字(2018)第062347号

著作权合同登记号：01-2016-2581

La pazienza del ragno by Andrea Camilleri
Copyright © 2004 by Sellerio Editore, Palermo
Simplified Chinese edition copyright © 2018 by Xinhua Publishing House
All Rights Reserved
本书中文简体字专有出版权属新华出版社

蜘蛛的耐心

［意］安德烈亚·卡米莱里　著　　张　莉　译

选题策划：黄绪国	责任印制：廖成华
责任编辑：李瑞瑞	封面设计：李尘工作室

出版发行：新华出版社
地　　址：北京石景山区京原路8号　　邮　　编：100040
网　　址：http://www.xinhuapub.com
经　　销：新华书店、新华出版社天猫旗舰店、京东旗舰店及各大网店
购书热线：010－63077122　　中国新闻书店购书热线：010－63072012

照　　排：臻美书装
印　　刷：三河市君旺印务有限公司

成品尺寸：130mm×185mm　1/32
印　　张：7.25　　　　　　　字　　数：150千字
版　　次：2018年4月第一版　　印　　次：2018年4月第一次印刷

书　　号：ISBN　978-7-5166-3973-3
定　　价：36.00元

1

他猛地从梦中惊醒，呼吸急促。在几秒钟的时间里，他大脑一片空白，不知自己身处何地。睡在他身边的是利维娅，她绵长的呼吸声把他重新带回了熟悉安定的现实世界。他现在身处马里内拉的家中。一阵尖锐的剧痛让他惊醒，像有人拿刀割在他受伤的肩膀上。他不用看床头的闹钟就知道现在是凌晨 3 点 30 分，准确地讲是 3 点 27 分 40 秒。日前他被贾米尔·杰尔吉斯枪击，此人是一名某第三世界国家的人贩子。警长受伤后的二十天里，每天都会出现这样的情况。受伤后，他很快反应过来并杀死了枪击者，但他仍然走不出受伤的阴影。他的大脑有一部分卡住了，每过一段时间就会咯噔一下。如果那时他是睡着的，他便会惊醒；如果他是醒着的，周围的一切就仿佛定格了一般。他十分清楚，在这场猝不及防的战斗中，他所有的行为都是下意识的，没有时间去考虑事件发生的时间。他清晰地记得贾米尔·杰尔吉斯射出的子弹穿过他身体的那一刻，他的脑海中响起了火车站和超市广播里那样的电子女声——现在时间为 3 点 27 分 40 秒。

※

"您当时和警员在一起吗？"

"是的，医生。"

"姓名？"

"法齐奥，医生。"

"他受伤多久了？"

"双方交火时间是3点30分左右，也就是大约一个半小时之前。对了，医生……"

"什么？"

"情况严重吗？"

警长躺在地上，闭着眼睛一动不动，大家都以为他处于无意识状态，因此说话毫无顾忌。但实际上他能感知到周围的一切。他半昏半醒，不想回答医生的问题。很明显，医生打的止痛针起效了。

"别傻了！只要把卡在他肩膀里的子弹取出来就行了。"

"啊，圣母玛利亚！"

"不用烦恼！这种手术很容易。另外，我认为这种伤完全不会有大问题，配合理疗即可痊愈。但我冒昧问一句：为什么这件事情您如此在意？"

"医生，您看，几天前，警长独自外出调查案件……"

※

他的眼睛一直紧闭，听不到被杂声掩盖、被海浪拍打的交谈声。外面肯定刮着风，整扇百叶窗被吹得呼呼作响，左右摇晃。好消息是他的身体逐渐在痊愈，只要他愿意，他仍然可以躲在自己的保护壳里。考虑到这点，他决定悄悄地把眼睛睁开一条缝。

※

为什么他听不到法齐奥的声音？他半眯起眼。有两个人站在离床稍远、靠近窗户的位置。法齐奥在和医生交谈，医生穿着白大褂，表情严肃。瞬间，蒙塔巴诺意识到他无须听法齐奥说话就知道他在和医生说什么。法齐奥——他最信任的兄弟，像犹大一样背叛了他。很显然，法齐奥在告诉医生，自己发现警长在水中忍受胸部剧痛、昏迷在海滩上的时间……蒙塔巴诺能想象到医生知道这桩好消息后的反应。在取出那颗该死的子弹之前，他们会里里外外地检查他的身体，在身上扎一个个小洞，还要一寸一寸地看皮肤下面会不会藏着什么……

※

他的卧室和往常一样。不！不一样，虽然看起来一样，但是并不一样。不同之处在于梳妆台上有了利维娅的物品，比如钱包、发卡和两小瓶香水。另外，在对面的椅背上还挂着她的衬衫和裙子。尽管无法睁眼，但他知道床旁边有一双粉红色的拖鞋。他猛地心潮澎湃，内心情愫尽皆化成一汪柔情。这成了他这二十天来的新寄托，他不知道怎样将它止住。最细微的小事都能戳中他的泪点。他对自己的脆弱感到羞耻，竭尽全力不想让他人知道，但利维娅却是一个例外，他无法拒绝她。所以，利维娅决定帮助他，坚定地陪在他的身边，不让他孤身一人，但这却毫无作用，因为他对利维娅的这份爱变质成了爱恨交织的情感。他非常感激利维娅用所有的空闲时间来照顾他，而且他知道这个家因利维娅而变得温暖生动。她的到来让他的房间重新有了色彩，房间的墙壁重新粉刷了亮洁的白漆。

这里没有人会看到他，于是他用床单的一角拭去眼泪。

※

四周都是白色，在白色中间是他褐色的肤色（它以前不是粉嘟嘟的吗？那是多少年前的事了？）。他在一个白色房间内做了心电图。医生研究了他的心电波动，困惑地摇了摇头。这把蒙塔巴诺吓坏了。这张医生仔细查验的心电图就跟他在一本历史杂志里看到的一九〇八年的墨西拿大地震的地震图一样：波动剧烈而不规则，仿佛画下它的是一只被恐惧支配着的颤抖的手。

他们查出来了！他想着。他们知道我的心电图杂乱无章，而且至少犯过三次心脏病了！

随后，另外一个穿着白大褂的医生进了房间。他看了看心电图，又看了看蒙塔巴诺，最后看向另一位医生。

"我们再做一次吧。"他说。

可能他们不敢相信自己的眼睛，不明白出现这样心电图的男人为什么还会躺在病床上而不是太平间里。两位医生重新检查了新的心电图，凑在一起讨论。

"我们再做一次遥测心电图吧，看看结论。"医生说这话时看起来有些迷茫。

蒙塔巴诺希望自己能够开口告诉他们，如果自己真的不久于人世，他们应该把子弹取出来，让他安详离去。但该死的，他还没来得及立遗嘱呢。比如说，他那套马里内拉的房子应该归利维娅所有，免得七大姑八大姨都来抢房产。

※

马里内拉这套房是几年前买的。他从没想过自己能买得起这套房，因为这会花光他所有的积蓄。然而，有一天，他父亲之前的合作伙伴写信告诉他，他要将他父亲在葡萄园的分红结算，这是一大笔资金，足以买下这套房产，还能留下不少钱养老。这就是他要立遗嘱的原因：他从没想过自己会变成有房一族。然而，就算出了院，他也不能亲自去见公证人（伤势过重）。但凡他能亲自去找公证人，房子肯定是利维娅的，这毫无疑问。对于弗朗索瓦，这位差点成为他儿子的好孩子，他已经想好要留什么给他了：要购买一辆好车。他现在都能想象到利维娅气愤地质问自己，问他要溺爱弗朗索瓦到什么程度。确实如此，但一个本来可能（或许还要加上"应当"？）成为自己儿子的人应当比真正的儿子得到的溺爱更多。有点绕，但不无道理。那坎塔雷拉呢，对他要怎么办？蒙塔巴诺肯定要把坎塔雷拉加到遗嘱里。那留给他什么呢？肯定不能是书。他想到一首山地部队的团歌，名字叫《军官的誓言》，但歌词却一点儿也想不起来了。对了，那块手表！他可以将他父亲的那块手表留给坎塔雷拉，是他父亲的商业伙伴送的。这样一来，他就能感觉到自己是蒙塔巴诺家的一员了，手表为证。

※

在心内科诊室，一层淡灰色的薄膜罩在他的眼前，他看不清墙上挂钟的时间。两位医生在聚精会神地看着显示屏，时不时动一下鼠标。

两位医生中有一位叫阿米地奥·斯特拉泽拉，是执刀医师。这一次，机器打出的不再是折线，而是一系列图片或类似的东西，医生进行了细致的研究，最终两人疲惫地长叹一口气，没有得出什么结论。斯特拉泽拉医生的同事离病床远些，他坐在诊疗椅上，身体前倾，认真地观察警长的情况。蒙塔巴诺希望他说：

"别再假装自己还活着了！真替你害臊！"

那句歌词是怎么说的来着？

可怜的人啊，不知道流了多少血，仍坚持战斗，但实际上他已经死了。

但医生什么也没说，拿着听诊器检查心跳，就好像之前的二十次听诊根本没做过一样。最后他站起身，看着他的同事说：

"我们该怎么办？"

"我想请迪·巴尔托洛来看一下。"另一位医生说。

迪·巴尔托洛！在前不久，蒙塔巴诺还见过这位传奇医生，现在他应该已经七十岁了。这位瘦得皮包骨头的老人留着稀疏的白胡须，看起来就像山羊一样，与一般人的社会生活和礼仪规范格格不入。有一次，他给一个冷酷无情的放高利贷的人做过检查后对患者说他什么检查都不用做，因为根本没有心。还有一次，在一间咖啡屋，他对一位正在喝咖啡的陌生人说，"你知道你会心脏病突发吗？"随后，这个人就心脏病突发了，原因可能是迪·巴尔托洛这样的传奇医生刚刚告诉他病要来了。

要不是出了大事，为什么这两位医生会去找迪·巴尔托洛呢？有可能他们是想让老专家看看蒙塔巴诺的情况，他怎么能靠着像轰炸过的德累斯顿一样的心脏活着呢？

在等候期间，他们决定让他先回自己的病房。就在他们打开房门推担架床的时候，他听见利维娅绝望地喊着：

"萨尔沃！萨尔沃！"

他不想回应。可怜的人啊！她来维加塔是想和他共度美好时光的，结果却是这样令人吃惊的消息。

※

"太让人吃惊了！"利维娅前天告诉他，当时他刚从蒙特鲁萨医院体检完回来，手里捧着一大束玫瑰花站在家门口。她感动得热泪盈眶。

"嘿，别这样！"他说道，身体紧紧抱拢着。

"为什么不？"

"呃，你从来没这样过啊！"

"那……你以前什么时候送过我一束玫瑰花啊？"

他轻柔地将手放在她的臀部，好像不想惊醒她一样。

※

警长竟然忘了和迪·巴尔托洛医生见面时的场景。迪·巴尔托洛不仅长得像，就连声音都像山羊。他可能就没专门留意过。

"大家好！"他一边进病房，一边用山羊似的嗓音打招呼，身后跟着大约十名医生，他们都穿着白大褂挤在病房内。

"你好！"所有人，也就是蒙塔巴诺一个人，回应了他的问候。因为医生进入病房时，只有他一个人在里面。

迪·巴尔托洛走近病床，饶有兴致地打量着蒙塔巴诺。

"经过我同事的一番诊治，你竟然还能意识清醒，我对此感到很高兴。"

他做了个手势，斯特拉泽拉医生走到他身边，将检验结果递给他。迪·巴尔托洛扫了一眼第一张表格就把它扔在床上，随后是第二张、第三张、第四张……几秒钟过后，蒙塔巴诺被纸淹没了。最后，他只能听到医生的声音，却看不到医生的身影，因为遥测心电图的图纸太多，遮挡了他的双眼。

"麻烦跟我说一下，叫我过来做什么？"

他山羊似的声音听起来相当生气。很明显，他脾气不好。

"其实，有一位警官告诉我们，几天前发生了一场严重的事故……"斯特拉泽拉医生犹豫地说道。

"什么严重的事故？"蒙塔巴诺听不到斯特拉泽拉的声音，可能这部分内容是悄悄告诉迪·巴尔托洛的。这还分集？这又不是肥皂剧。斯特拉泽拉提到了事故，不过没有哪部肥皂剧里有一集叫《事故》吧？

"把他拉起来，正对我。"迪·巴尔托洛医生命令道。

他们将蒙塔巴诺身上的图纸拿掉，轻柔地把他扶起来。床边围了一圈穿白大褂的，气氛严肃安静。迪·巴尔托洛把听诊器放在蒙塔巴诺的胸口，不时地来回移动。警长离医生的脸很近，他注意到医生的下巴一直在动，好像在嚼口香糖一样。他突然间明白了，医生正在沉思。迪·巴尔托洛医生长时间保持不动则确实像一只山羊。他在一动不动地听诊。蒙塔巴诺好奇他到底听到了什么，是建筑物倒塌的声音，是裂缝突然扩大的声音，还是地下隆隆作响的声音？迪·巴尔托洛保持姿势不变，身体丝毫没有移动。像这样保持弯腰的姿势不会伤害脊柱吗？警长开始恐惧地出汗了。这时，医生直起身，说道：

"行了。"

其他医生赶忙将蒙塔巴诺放平，让他躺在床上。

"在我看来，"这位传奇医生说道，"再打他三四枪，不打麻药就直接取子弹，他的心脏也不会有事。"

说完这些话，这位医生就离开了，没有和任何人打招呼。

十分钟后，警长被挪到了手术室，手术室内有一盏白色的大灯，一个男人站在他旁边，手中拿着面罩，然后放在了蒙塔巴诺的脸上。

"深呼吸！"他说道。

蒙塔巴诺照做，大脑一片空白。

※

这是什么？他自言自语道，他们还没有制造出治疗失眠的喷雾剂吗？对着鼻子一喷，你马上就会沉沉睡去。

这种治愈失眠的麻醉药用起来比较方便。他突然感到口渴，小心翼翼地从床上爬起来，尽量不吵醒利维娅，然后走到厨房，从一盒开了封的矿泉水瓶中倒出一杯水。现在干点什么？他决定锻炼一下右手臂，理疗专家教过他具体动作。一二三四，一二三四，右手臂恢复良好，足够慢慢开车了。

斯特拉泽拉医生说得完全正确——除了有时胳膊无法移动，腿长时间放在一个位置会发麻，像成千上万只蚂蚁爬过一样。他又喝了一杯水才回到床上。他轻柔地掀开被子，躺回床上，利维娅在喃喃说着梦话，转身背对他。

※

"水！"他呻吟着睁开双眼。

利维娅给他倒了一杯水，用手扶着他的头帮助他喝水，然后她把空水杯放回床头柜上，走出了警长的视线。他试着从床上稍微坐起来。利维娅站在窗户前，斯特拉泽拉医生站在她的旁边和她说话。蒙塔巴诺听到了利维娅的轻笑声。斯特拉泽拉医生很风趣嘛！但为什么他一直围在利维娅的周围？为什么她不觉得自己应该后退一步，不要那么亲密呢？好吧，我要教教他们该怎么做。

"水！"他喊道。

利维娅吓了一跳。

"他为什么喝这么多水？"利维娅问道。

"这是麻醉剂的副作用，"斯特拉泽拉医生说道，"但你要知道，利维娅，他的手术很容易，不会留疤的。"

利维娅感激地冲医生笑了笑，这更激怒了警长。

不会留疤！那他肯定能参加下一届"肌肉先生大赛"。

※

说起肌肉（或者什么其他叫法）……他慢慢地移过来，直到紧紧地靠在利维娅的后背上。她看起来很喜欢这种身体接触，从她睡梦中发出的满足的呓语声中就能看出来。

蒙塔巴诺的手慢慢地盖在了她的乳房上。好像条件反射一样，利维娅也把手伸了过来。但两人却慢慢地停止了行动，因为蒙塔巴诺清楚地知道，如果有更深入的行为，利维娅会立刻喊停。这种情况在他出院的第一天晚上就已经发生过了。

"不，萨尔沃。我怕这样做会伤到你。"

"拜托，利维娅，我只是肩膀受了伤，不是我的……"

"不要那么下流。你难道不明白吗？这样做我会不舒服，害怕会……"

但是他的肌肉（或者什么其他叫法）并没有这些顾虑。肌肉没有大脑，它不会思考，拒绝聆听理性的声音，所以它只能停在那里，充斥着愤怒和欲望。

※

顾虑、恐惧，在手术的第二天，他感到了这两种情绪，伤口在早上九点左右开始一抽一抽地疼。怎么会这么疼？难道像以前经常发生的医疗事故一样，他们将一片纱布忘在了里边？或者不是一片纱布，而是一把十英寸的手术刀？利维娅立刻注意到了他的病情，打电话给了斯特拉泽拉医生。医生马上从某台体外循环心脏手术中抽身赶了过来。但现在的情况是：在利维娅打电话，斯特拉泽拉医生赶过来期间，医生说这种反应是正常情况，利维娅没有必要如此紧张。随后，医生将另外一根针刺进了蒙塔巴诺体内。随后的十分钟内出现了两件事情：第一件就是疼痛开始减轻，第二件事是利维娅说：

"局长来了。"

然后她就离开了。博内蒂·阿德里奇和他的办公室主任拉特斯博士进到了房间内，拉特斯的双手摆出祈祷的姿势，好似正站在垂死之人的床边。

"你怎么样了？你怎么样了？"局长问道。

"你怎么样了？你怎么样了？"拉特斯重复问道。局长开口和蒙塔巴诺说话，可蒙塔巴诺只听到了只言片语，其他的话好像被一阵强风刮走了。

"……所以我建议应该给你高规格的嘉奖……"

"……高规格的嘉奖……"拉特斯一直在重复这句话。

"嘉，嘉，嘉……嘉奖。"蒙塔巴诺脑海中的声音说道。

一阵风吹过。

"……我们等候你的归队，奥杰洛警长……"

"好样的！好样的！"同样的声音说道。

一阵风吹过。

太困了，他闭上了眼睛。

※

现在他的眼睛闭上了，可能不久便会入睡吧，像这样再一次紧紧地靠在利维娅温暖的身体上。但这讨厌的百叶窗被风吹得一直吱呀作响。

怎么办？打开窗户，想办法把百叶窗尽可能关紧？不可能。这肯定会吵醒利维娅。不过，也许还有别的办法。试试总没坏处。比起关死百叶窗，最好还是尽可能地适应它，让自己的呼吸尽可能地配合百叶窗吱呀的韵律。

吱……百叶窗响着。呼……警长回应着，轻轻地，微微地张开双唇。呀……百叶窗响着。吸……警长回应着。然而，这一次他没能压低自己的声音。利维娅马上就醒了，从床上坐起来说道："萨尔沃，你不舒服吗？怎么啦？你怎么哼哼起来了？"

"我肯定是在做梦。对不起！"

睡觉吧。该死的窗户！

2

一股刺骨的寒风从大开的窗户吹进屋内。医院总是这样，他们治好了阑尾炎，却害你得肺炎死掉。他坐在单人沙发上，再过两天，他就能回到马里内拉了。但自从那天早上六点开始，几个女的一直在打扫房间：走廊、房间、衣柜、窗户、门把手、床、椅子，就好像洁癖者一样。床单、枕头套和毛毯全部都换成了新的，浴室被打扫得纤尘不染，闪闪发亮。他进去简直想要戴上一副太阳镜。

"怎么回事？"在护士扶他上床时，他问道。

"大人物要莅临指导。"

"谁？"

"我不知道。"

"听着，我不能待在单人沙发上吗？"

"不能。"

过了一会儿，斯特拉泽拉医生来了，在发现利维娅不在房间后，他非常失望。

"我想她稍后会来。"蒙塔巴诺安慰道。

但他这样做实在有点不厚道，只会让医生焦躁不安。利维娅

14

保证过会儿来看他的，只不过晚一会儿。

"所以谁会来？"

"副部长彼得托。"

"他为什么来？"

"来祝贺你出院。"

该死的！这就是他想要的。前下院议员、现内阁副部长詹弗兰科·彼得托阁下之前曾有一次因贪污获罪，一次因渎职获罪，还有一次因诉讼超过时效躲过惩罚。他当过共产主义者和社会主义者，现在则乘着执政党的东风得意了一把。

"你不能给我一枪，让我先昏过去三个多小时吗？"他恳请斯特拉泽拉医生。

医生摊了摊双手表示无能为力，然后就出去了。

詹弗兰科·彼得托阁下到来时，欢迎的掌声响彻走廊。允许陪同他进入房间的人员有市长、局长、医院院长和一位随行代表。

"所有其他人员出去等着！"他大声命令道。

然后他就开始说话，一直说话。他并不知道蒙塔巴诺用医用棉花堵住了耳朵，不听他的连篇废话。

※

百叶窗恢复静止状态有一段时间了。在入睡前，他只有空看了看时间，时间为四点四十五分。

※

在睡梦中，他迷迷糊糊地听到电话在一遍遍响。

他睁开一只眼睛，看了看表。现在是六点钟。他只睡了一个小时十五分钟。他赶快起身,想要在铃声惊醒利维娅之前接起电话。

"警长,怎么了? 我吵醒您了吗? "

"坎塔,现在是早上六点钟! "

"实际上,我的表显示现在的时刻是六点零三分。"

"这说明你的表走快了。"

"你确定吗,警长? "

"肯定是。"

"那好吧,我会把我的表拨慢三分钟。谢谢您,警长。"

"不客气。"

坎塔雷拉挂断了电话,蒙塔巴诺放下电话回到了卧室。中途他还咒骂道,这该死的电话到底怎么回事? 难道坎塔雷拉一大早打电话就为了对表吗? 正在这时,电话又响了,响过一声后,警长马上拿起了话筒。

"警长,不好意思,刚才我忘了告诉您我打电话的真正原因。"

"那就快告诉我什么事情。"

"女孩的摩托车被扣押了。"

"被扣押还是被抢劫了? "

"被扣押了。"

蒙塔巴诺很生气,但他只能强行压抑自己的怒火。

"你早上六点钟把我弄醒,只是为了告诉我宪兵队或者海关扣押了一辆摩托车? 原谅我要骂脏话了,我他妈的不管这事。"

"警长。"

"此外,我还在病情恢复期,不上班! "

"我知道，警长，但海关和宪兵队都没扣押。"

"好吧，那么是谁扣押了？"

"警长，现在没人知道。他们只是让我联系您。"

"听着，法齐奥在吗？"

"警长，他不在，他在现场。"

"那奥杰洛警长呢？"

"他也在现场。"

"那谁还在办公室？"

"警长，现在只有我在。奥杰洛警长让我做接待的工作，所以现在只有我在。"

我的天啊！危险迫在眉睫，必须马上解决。哪怕是抢劫钱包这样的小事，坎塔雷拉也能发起一场核大战。但法齐奥和奥杰洛可能仅仅因为摩托车扣押这样的常规事件就都跑去现场吗？而且为什么他们让坎塔雷拉给他打电话？

"听着，我需要你去做些事情。找到法齐奥，告诉他马上给我马里内拉的家里打电话。"

他挂断了电话。

"怎么了？是局里的事吗？"他背后响起了一个声音。

他转过身，利维娅站在他的身后，眼中充满了怒火。她急匆匆地套上了蒙塔巴诺前一天换下的衬衫，没有穿家居服。看见她的装扮，警长心中产生了拥抱她的欲望，但他控制住了自己，知道法齐奥会随时打电话给他。

"拜托，利维娅，我的工作……"

"你应该在警局做你的工作，而且你只有在岗的时候才能做你的工作。"

"你说得对，利维娅。现在继续回床上躺着吧。"

"床？拜你所赐，我已经醒了，现在我要去煮些咖啡。"她说道。

电话现在响了。

"法齐奥，你能行行好告诉我到底发生了什么见鬼的事吗？"蒙塔巴诺大声说道，现在他已经没有必要掩饰了。利维娅不仅醒了，而且还特别生气。

"不要说脏话！"利维娅在厨房大声说道。

"坎塔雷拉没告诉你吗？"

"坎塔雷拉他妈的什么事都没告诉我。"

"你还说，是吗？"利维娅大喊道。

"他告诉我的就是一辆摩托车被扣押了，但扣押车的既不是宪兵队也不是海关。他妈的……"

"别再说脏话了，我说！"

"为什么你们要拿这样的事情打扰我？去看看是不是交警干的？"

"不，警长。如果说有什么被扣押的话，就是骑摩托车的女孩被扣押了。"

"我不明白。"

"这是一场绑架，警长。"

绑架？在维加塔？

"告诉我你的地点，我马上过去！"他毫不犹豫地说道。

"警长，您家的路况太复杂了。如果您想来，我们派车过去，一个小时左右到。这样一来，您就不需要亲自驾车过来了。"

"好的。"

他走进厨房。利维娅把咖啡壶放在了灶上，现在正在铺厨房餐桌桌布。为了铺得平展，她不得不一直弯着腰，以至于她身上穿着的警长的衬衫显得有些短。

蒙塔巴诺控制不住自己，上前两步，从背后紧紧搂住了利维娅。

"怎么了？"利维娅问道，"拜托，放手！你想干什么？"

"你猜！"

"你可能会伤到自己的……"

咖啡在锅里咕噜咕噜作响，却没人关火。咖啡烧开了，火还一直燃烧。咖啡沸腾了，却没有人在意。咖啡溢了出来，浇灭了火焰，燃气开始泄漏。

"闻着好奇怪，是燃气吗？"利维娅有点迟钝地低声问道，离开了警长的怀抱。

"我觉得不是。"蒙塔巴诺说道，他的鼻腔里充满了她肌肤的香气。

"我的天啊！"利维娅大喊一声，赶紧关了燃气灶。

蒙塔巴诺花了将近二十分钟的时间来洗澡和刮胡子。同时，咖啡也已经煮好了。这时，门铃响了。他端着咖啡边走边喝。利维娅从来不问他去哪儿以及他为什么要去。她打开窗户，仰躺在椅子上，双手垫在后脑勺后，悠闲地晒着太阳。

※

加洛在车上向警长介绍了他所知道的情况。已经确认是一名女孩被绑架了，女孩名叫苏珊娜·米斯特雷塔，长得非常可爱，她报考了巴勒莫大学，并准备参加第一场考试。她和父母住在离维加塔三英里以外的乡下，他们现在就要去那边。大约一个月前，苏珊娜开始每天傍晚前去一名女性朋友家里学习，经常在晚上八点左右骑着摩托车回家。

前一晚，她没有按时回家，她的父亲等了一个小时才给女儿的朋友打电话，她告诉他，苏珊娜和往常一样八点左右就走了。然后他又打电话给女儿的男朋友，这个男孩接到电话后很惊讶，因为他在苏珊娜去朋友家学习的当天下午见过她，并且她告诉他那天晚上不跟他看电影了，因为她要回家学习。

她的父亲慌了，给苏珊娜打了好几个电话，但每次都没接通。这时，家里的电话响了，她的父亲赶紧接起来，想着应该是苏珊娜，但却是他的弟弟。

"苏珊娜有一个弟弟？"

"不，她是独生女。"

"那么，她的弟弟是谁？"蒙塔巴诺不耐烦地问道。加洛在颠簸不平的路上快速行驶，蒙塔巴诺不仅头皮发麻，而且他肩膀上的伤口也隐隐作痛。

"这个弟弟是被绑架女孩父亲的弟弟。"

"他们难道没有名字吗？"警长不耐烦地问道，希望知道他们的名字，便于理清案情。

"他们当然有，怎么会没有？只不过是没人告诉我罢了。"加洛说道，"总之，被绑架的女孩父亲的弟弟是个医生。"

"暂时叫他医生叔叔吧。"蒙塔巴诺建议道。

"医生叔叔打电话来想知道他的嫂子，也就是被绑架的女孩的妈妈现在情况怎么样。"

"为什么？她病了吗？"

"是的，警长，她病得很重。"

"所以那位父亲把事情告诉了医生叔叔？"

"这种情况下应该说他告诉了他的弟弟。"

"不管怎样，女孩的父亲告诉了他的弟弟，说苏珊娜失踪了，让他来家里照顾一下生病的嫂子，好让这位父亲腾出手来寻找女儿。但医生要先照顾一些病人，等他忙完手里的事来到他哥哥家的时候，已经过晚上十一点了。"

然后，女孩的父亲开车慢慢地沿着苏珊娜经常走的那条路搜索女儿的消息。大冬天的，还是那个点，街上一个人都没有，车也很少。他来来回回地沿着路走了两遍，内心越来越绝望。突然，有一辆摩托车停在了他的旁边，是苏珊娜的男朋友，他往苏珊娜家打过电话了，而医生叔叔告诉他现在没有任何关于她的消息。男孩告诉苏珊娜的父亲说自己准备搜索维加塔的所有道路，找找看是不是至少能发现苏珊娜的摩托车。女孩的父亲沿着苏珊娜朋友家到他家的路走了四遍，时不时地停下车搜查人行道上的盲点，但却没有发现什么异常现象。他放弃了搜寻并回到家里，时间大约是凌晨三点。这时他建议他的医生弟弟给所有维加塔和蒙特鲁萨的医院打电话，告诉他们自己的姓名，但所有医院都给予否定的回复。这个答案一方面让他们松了一口气，另一方面却更让他们紧张。就这样，他们又浪费了一个小时的时间。

这时，警长他们已经开车到了一片空旷的户外，现在他们行驶在一条土路上，加洛指着前方约 50 码的地方说：

"那就是他们的家。"

然而，蒙塔巴诺还没来得及细看，加洛就突然右转上了另一条土路，这条土路相当难走。

"我们去哪里？"

"去他们发现摩托车的地方。"

摩托车是苏珊娜的男朋友发现的，在搜索完维加塔大大小小的街道一无所获之后，他绕了远路回到了苏珊娜的家。就在距离她家的 200 码之外，他发现了被遗弃的摩托车，然后跑去告诉了女孩的父亲。

加洛把车停在了另一辆公车后，蒙塔巴诺一下车，米米·奥杰洛就迎面走了过来。

"我不喜欢这种感觉，萨尔沃。所以我不得不打扰你，事情挺棘手的。"

"法齐奥在哪里？"

"在屋里陪着女孩的父亲，以防绑匪打来电话。"

"介意告诉我女孩父亲的名字吗？"

"塞尔瓦托·米特斯雷塔。"

"职业？"

"曾经是一位地质学家，游历过半个世界。这是被绑架女孩的摩托车。"

发现摩托车的时候，它靠在一个菜园外的低矮干砌墙上。车辆上没有任何刮痕，只是上面有些灰尘。加鲁佐在院子里搜查，看能不能发现些许蛛丝马迹。印布德和巴蒂亚托则在泥土路上搜查证据。

"苏珊娜的男朋友叫什么名字？"

"弗朗西斯科·利帕里。"

"他现在在哪里？"

"我把他送回家了，他精疲力竭，担心得要死。"

"我在想，难道你没想过有可能是利帕里自己挪动了摩托车吗？可能他在路中央的地上发现了它。"

"不会的，萨尔沃。他发誓发现摩托车的地点就是在这里，他一点儿都没动。"

"在摩托车周围拉上警戒线，不允许任何人接近，否则取证工作难以推进。你有其他发现吗？"

"没有任何发现。我们想着去寻找女孩背的背包里的书、手机和其他杂物，经常会放在牛仔裤后裤兜里的钱包、家门钥匙……但什么都没有发现。就好像她自己碰见了认识的人，把车停靠在墙上，走过去说话一样。"

米米注意到蒙塔巴诺好像并没有在听他说话。

"怎么了，萨尔沃？"

"我不知道，但好像有些事情不太对劲。"蒙塔巴诺嘟哝道。

然后他后退了几步，以便更清晰地观察现场。奥杰洛虽不明所以，可仍然学着警长向后退了几步。

　　"什么？"

　　在后面，蒙塔巴诺观察了一会儿说道：

　　"摩托车。你看，看它停的方向，维加塔应该是它前进的方向。"

　　米米沉默了一会儿，摇了摇他的头。

　　"你说得对。但它在马路的另一边，应该是走错路了。如果她骑着摩托车是要前往维加塔，它肯定是在马路的这一边，靠在对面的墙上。"

　　"走错路？那才怪了呢。怎么能在自己家外面走错路！如果可以，他们即使扎着你的腿你也会开对方向，所以不要想了。但如果女孩是从维加塔来的，摩托车前轮的车印应该是相反的方向。所以我的问题是：为什么摩托车会这样停着？"

　　"天哪，萨尔沃，这有成千上万个理由，可能她只是想靠墙停稳，所以把车转了方向……又或许她碰见了熟人，所以调转了车头……"

　　"什么事都有可能发生。"蒙塔巴诺打断了他的话，"我要去女孩家，你在周围搜索完后去找我，而且不要忘记拉上警戒线。"

※

　　女孩家是一栋两层的建筑物，之前肯定相当漂亮。然而，现在却有了荒废的迹象。若是一个人无心打理房子，它很快便会失去光彩。房子坚固的铁门半开着。

　　警长进入了房子，映入眼帘的就是巨大的客厅，里面摆放着巨大的、阴暗的十九世纪古董，乍一看上去像个博物馆，陈列着前哥伦布时期的小雕像和各类非洲面具。这都是地质学家塞尔瓦托·米斯特雷塔的旅行纪念品。在房间的一角放着两个单人沙发，还有摆放电话的小桌子和电视机。法齐奥和那位肯定是米斯特雷塔先生的男人坐在两张沙发上，他们全都死死地盯着显示器。当蒙塔巴诺进入屋子后，米斯特雷塔先生疑惑地望了望法齐奥。

"这位是蒙塔巴诺警长。这位是米斯特雷塔先生。"

米斯特雷塔伸出手和警长握了握，警长一句话都没说。这位地质学家身材消瘦，年约六十岁，脸和那些南美雕塑一样僵硬，塌着肩膀，白头发乱蓬蓬的，一双蓝色的眼睛像犯了毒瘾一样扫视着房间。很显然，他整个人都被紧张感吞噬了。

"没有消息？"蒙塔巴诺问道。

这位地质学家悲伤地摆了摆手。

"我想和您说点事，"警长继续说道，"咱们能去外面说吗？"

没有任何理由，他感到呼吸不畅。客厅里空气不流通，除了从两扇法式大门缝隙中透来的光线外没有一丝亮光。米斯特雷塔有点犹豫，然后看向了法齐奥。

"如果有人按楼上的门铃，能请您告诉我吗？"

"当然可以！"法齐奥说道。

他们走了出去。房子边的花园已经彻底荒废了，现在有点像长满黄色植物的野外。

"走这边！"地质学家说道。

他领着警长来到了半圆形的木制长椅处，位于被精心照料的草地的中央。

"这是苏珊娜去……"

他说不下去了，坐在长椅上，情绪崩溃。警长坐在他旁边，拿出了一盒烟。

"你抽吗？"

斯塔拉泽拉医生的医嘱是什么？可能是尽量不抽烟吧。

在这一刻，不抽烟不行。

"我是不抽烟的，但在某些时候……"米斯特雷塔说道。

你看，亲爱的斯特拉泽拉医生，有时候人不能没有烟。

警长抽出一根递给他，然后给他点燃了烟。他们静静地抽了一会儿，然后蒙塔巴诺问道：

"您的妻子生病了吗？"

"是啊，病得很重。"

"她知道发生了什么事吗？"

"不，她一直在打镇静剂。我的弟弟卡洛是名医生，昨天晚上陪着她，实际上他刚刚离开。但是……"

"但是？"

"但是我的妻子，即使在药物的作用下进入了睡眠状态，仍在叫着苏珊娜的名字，好像她知道发生了什么……"

警长感到自己正在出汗。他怎么能在这名可怜男人的妻子病重期间告诉他女儿被绑架了呢？也许唯一的办法就是用正式的、不带任何感情的口吻通知他。

"米斯特雷塔先生，我要通知您，您的女儿可能被绑架了。

蒙特鲁萨的法官、局长和我的同事……您可以放心，媒体也会参与进来，他们会在第一时间和摄制组赶到这里……我说这些的原因是我想百分之百地确认。"

"确认什么？"

"我们处理的案件确实是一起绑架案件。"

3

地质学家疑惑地看了警长一眼，好像在问：除了绑架，还能是什么？

"首先我想说，尽管很失礼，但我必须要做出各种推测。"

"我理解。"

"一个问题。您的妻子需要大量照顾吗？"

"是的，基本全天都需要。"

"那谁照顾她呢？"

"苏珊娜和我轮流照顾。"

"这种状况持续多久了？"

"六个月前她病情恶化后。"

"有没有可能苏珊娜经过这么长时间的紧张状态，最后精神崩溃了？"

"你为什么要说这种话？"

"这难道不可能吗？看到自己的母亲一直是这种状态，苏珊娜对没日没夜的看护和学习感到疲惫，所以她自己跑出去透透气？"

女孩的父亲没有立刻回答。

"这不可能。苏珊娜坚强勇敢，很有奉献精神，她不会这么对我的，不会。再说，她能躲到哪儿呢？"

"她身上带着钱吗？"

"我不知道，可能最多带了三十欧元吧。"

"她有没有特别亲近的亲戚和朋友呢？"

"只有我弟弟，她去过他家，但不经常去。还有，她会和帮我一起寻找她的那个男孩见面。他们经常一起去看电影或者吃比萨饼，其他的就没有了。"

"那个和她一起学习的女孩呢？"

"我想她只是学习上的伙伴。"

现在他们进入了破案困难期，警长不得不小心地进行深入提问，虽然这会冒犯这位受伤的男人。他深吸了口气，早上的空气新鲜，充满了花的芬芳。

"听着，你女儿的男朋友……叫什么来着？"

"弗朗西斯科，弗朗西斯科·利帕里。"

"苏珊娜和他的感情好吗？"

"在我看来，两人的感情总体来说挺好的。"

"什么叫总体上？"

"我的意思是，有时候我会听到他俩在电话里吵架……但都是一些无谓的争吵，是那种年轻情侣都会争执的问题。你不会以为苏珊娜可能认识了某个引诱她、诱拐她一起走的人吧？警长先生，苏珊娜一直都很正直坦率。如果她和其他人有了关系，她肯定会告诉弗朗西斯科，并和他分手的。"

"所以你确定这是一起绑架案件。"

"很遗憾地告诉你，确实如此。"

突然，法齐奥出现在房子的门口。

"怎么了？"地质学家问道。

"我听到楼上的铃声响了。"

米斯特雷塔赶快跑了进去，蒙塔巴诺慢慢地跟在他的身后，陷入了自己的思绪中。他回到客厅，在电话前的空沙发上坐下。

"可怜的男人！"法齐奥说道，"我为这位米斯特雷塔先生感到抱歉，真的抱歉！"

"绑架者到现在还没打来电话，你不觉得奇怪吗？现在已经是十点钟了。"

"我对绑架的事情知道的并不多，米米也不太了解。"法齐奥说道。就在这时，米米·奥杰洛进来了。

"我们什么都没发现。现在要做什么？"

"寻找所有知道绑架消息的知情人士，给我苏珊娜男朋友和学习伙伴的家庭地址。"

"你要去做什么？"米米一边说一边把地址写在纸上。

"等到米斯特雷塔先生一出来，我就和他告别，然后去警局。"

"但你现在不是在康复期吗？"米米问道，"我们只需要你来给建议而不是……"

"你放心把局里的事情交给坎塔雷拉吗？"

一时间没人说话，只有尴尬的寂静。

"如果绑匪如我们所希望的那样打来电话，马上通知我！"

警长用果断的语气吩咐道。

"你为什么希望绑匪马上打来电话？"法齐奥问道。在回答前，警长看了看奥杰洛递过来的纸张，然后将它放进了兜里。

"因为这样我们就知道他们是图财，而不是其他方面。坦白来讲，像苏珊娜这样的女孩被绑架有两种原因：一种是为财，一种是为色。加洛告诉我苏珊娜是一个很有魅力的女孩。如果是第二种情况，那么她被强奸后灭口的概率是非常高的。"

他们打了个冷颤。在这一片寂静中，他们能听到地质学家慢慢靠近的脚步声。他看向了奥杰洛。

"你有发现什么……"

米米摇了摇头。

米斯特雷塔的身体晃了晃，好似要晕倒，但米米马上扶住了他。"但他们为什么要这样做？！为什么？"他崩溃地说道，用手捂住了脸。

"为什么？"奥杰洛说道，希望用言语安慰他，"你看，他们可能需要赎金，法官很有可能让你付赎金。"

"我拿什么来付？我怎么付？"男人绝望地喊道，"难道大家不知道吗？我们家所有的收入只有我的退休金。除此之外，就剩这套房产了。"

蒙塔巴诺站在法齐奥身边。他听到法齐奥低声说道：

"圣母玛利亚！所以……"

※

警长让加洛开车把他送到了苏珊娜学习伙伴的住所。女孩叫蒂娜·洛法罗，住在小镇主干道旁的三层小楼里，和小镇中心区域的大多数建筑物一样，结构年代久远。当警长要去按对讲机时，他面前的大门打开，走出了一位年约五十岁的妇女，拉着一辆购物车。

"拜托，别关门！" 蒙塔巴诺对她说道。

这位妇女犹豫了片刻，用一只手撑住了门，既礼貌又警惕。上下扫视了警长一眼后，她才放心地离开。警长进入楼道，关上了门。这栋小楼没有安装电梯。从信箱中他得知洛法罗一家住在六号，由于小楼的每层有两间公寓，也就是说，他要爬三层楼梯。他特意不想让对方知道自己要来。根据经验他知道，即便是再正直守法的人，遇到执法人员的突然造访也会感到不自在。他们会第一时间想：我是不是有哪里做错了？因为所有正直守法的人都会觉得自己或许在某个时候做了错事，也许自己没有意识到。相反，不诚实的人却总是自我催眠自己是遵纪守法的好公民。所以，不管是诚实的人还是不诚实的人，警察突然上门询问都会让他们感到不自在。这有助于警长观察每个人的细微不自在之处。

因此警长希望当按响门铃时，蒂娜本人会来应门。大吃一惊之际，这个女孩肯定会流露出不自在的表情，这样警长就能观察苏珊娜到底有没有告诉她某些对调查有益的小秘密。

门开了，门口出现了一位个头不高，二十岁左右的平凡女孩。她的皮肤像乌鸦一样黑，长得胖胖的，戴着厚厚的眼镜。这肯定就是蒂娜。她确实大吃一惊，但却和警长想的不一样。

"我是蒙塔……"

"巴诺！"蒂娜说道，脸上咧开了大大的笑容，"天哪！太酷了！我从没想过我能见到您！太酷了！我太激动了，激动得直冒汗！我太开心了！"

蒙塔巴诺惊得一动不动，就像一个脱了线的木偶。他困惑地发现了一个奇怪的现象。站在他面前的女孩开始蒸发，她的身体周围冒着蒸气。蒂娜像是在阳光下融化的一块黄油。女孩伸出汗津津的手，拉着警长的手腕进了房间，并关上了门，然后她站在他前面，高兴得说不出话来，脸红得像一块熟透的西瓜，双手合十，眼睛闪闪发光。有那么一会儿，蒙塔巴诺感觉自己像庞贝的圣母玛利亚雕像。

"我想——"他尝试着开口。

"当然！太抱歉了！快进来！"蒂娜说道，她从狂喜中恢复过来，把警长领到了客厅中。"警长，当我在现实中看到您站在我面前，我兴奋得马上要昏过去了！您最近好吗？身体康复了吗？这简直太神奇了，您知道吗，我经常见您出现在电视里，而且我读了很多侦探小说，我很喜欢它们，但是警长您，您比麦格雷、波罗[1]都要厉害……您要来一杯咖啡吗？"

"谁？"蒙塔巴诺晕乎乎地问道。

女孩连珠炮一样地讲着，警长只听懂了"您喝咖啡吗"这

1译者注：两人分别是法国侦探小说家乔治·西姆农和英国侦探小说家阿加莎·克里斯蒂笔下的著名侦探。

样的话。他感觉，对方口中的人物可能来自某位自己不熟悉的非洲作家。

"您要来杯咖啡吗？"

这正是他想要的东西。

"是的，如果不打扰的话……"

"一点儿都不！我妈妈五分钟前去购物了，今天管家不来，所以家里只有我一个。我马上给您准备好！"

说完，她就走开了。所以现在屋里只有他们两个？警长开始焦虑。这个女孩掌控了一切。厨房传来了咖啡杯的轻微碰撞声和一阵低语。她在和谁说话？她刚才明明说家里没有其他人，难道她在自言自语？他站起身走出了客厅。厨房是左边的第二个门，他踮着脚慢慢地靠近，蒂娜在拿着手机低声打电话。

"……我告诉你，他在这儿，我没开玩笑！他突然就出现了，现在就在我面前！如果你能在十分钟之内来我家，我保证你会见到他。天哪，听着，桑德拉，一定要告诉曼努埃拉，我敢肯定她也会来，来的时候带着相机，这样我们就可以和他合影了。"

蒙塔巴诺又折了回去。好极了！有三位二十岁左右的年轻女孩像追摇滚巨星一样追他！他决定要在十分钟之内摆脱蒂娜。他急忙喝完了咖啡，咖啡把他的嘴唇都烫伤了，然后便开始提问。突袭并没有奏效，警长几乎没从两人的对话中提取到任何有用的信息。

"不，我俩算不上真正的朋友，我们相遇在大学里，然后发现我们都住在维加塔，所以决定一起学习，准备我们的第一场考试。

在过去的一个月，每晚五点到八点，她都会来我家学习。"

"是的，我想她很喜欢弗朗西斯科……"

"不，她从未在我面前提过其他男孩……"

"不，她从没告诉我有其他人来找过她……"

"苏珊娜是个大方真诚的人，但不喜欢倾诉，她把所有事都藏在心里……"

"不，昨天她和往常一样走了，我们约好今天五点再碰面……"

"最近她和往常没什么不同。她妈妈的病一直很重，大约七点，我们休息了片刻，苏珊娜给家里打电话询问她妈妈的情况……是的，她昨天这个时候也这样做了……"

"警长先生，我真的不知道她被绑架了。我现在感觉棒极了，能被您询问太酷了！你想知道我现在是怎么想的吗？天哪，这简直太难以置信了！警长想知道我的想法！好的，我想苏珊娜是自己出走的，她过几天就会回来，可能她需要休息，她不能眼睁睁地看着自己的妈妈时刻处在死亡的边缘……"

"什么？您现在要离开？您难道不想再问些什么吗？您不能再待五分钟吗？咱们好合张影。您难道不打算把我抓到警局吗？您不吗？"

她突然站起来。

警长也离开了座位。

她上前走了一步，蒙塔巴诺误以为她要开始跳肚皮舞。

"好，好，我这就把你带到警局。"他说道，以最快的速度跑了出去。

※

看到警长突然出现在面前，坎塔雷拉有点懵。"天哪，真是个大惊喜！天哪，很开心再一次看到您，警长！"

蒙塔巴诺刚进到办公室，办公室的门就咣的一声碰到了墙上。因为好长时间没来，警长吓了一跳。

"发生了什么？"

"什么事都没有，我刚才手滑了。"坎塔雷拉气喘吁吁地跑到门口说道。

"你来干什么？"

"呃，警长！我见到你太开心了，都忘了告诉你局长打电话找你，非常紧急！"

"好的，打给他，然后转接给我。"

"你好，是蒙塔巴诺吗？你身体怎么样了？"

"非常好，谢谢关心！"

"我冒昧地打电话到你家找你，但你的……女士告诉我……所以我……"

"我能为您做什么，局长？"

"我听说了绑架的事情，看起来是一件令人不愉快的事情。"

"非常不愉快。"

局长经常夸大其词。但他打这通电话的目的是什么？

"事情是这样的……我想让你暂时重新回归岗位，当然，假设你也愿意……为了推进调查，奥杰洛迟早会到现场去调查，维加塔也没有人能替他……你明白吗？"

"当然！"

"非常好！我正式通知你，绑架案的调查工作将移交给米努托洛警长，一位卡拉布里亚人。"

"什么？"

"米努托洛是墨西拿来的……他对绑架案了解颇多。"

要是严格按照局长的思路，那只有中国人才会下中国跳棋了。

"现在你不要要求别人按照你的思路办事，我的意思是，你只需要提供帮助，最多做些基础的调查，这样你不会太累。但做重点调查的时候，你也要支持米努托洛的工作。"局长又说道。

"您能给我举个实例吗？"

"什么实例？"

"我怎么支持米努托洛警长的工作。"

在和局长的对话中，他表现得像个十足的傻瓜。唯一的问题是，局长真的认为他是一个傻瓜。局长大声叹了口气，蒙塔巴诺都听得一清二楚。也许装傻也该有个度。

"对不起，对不起，我想我理解了。如果米努托洛警长主导调查，那他就是波河，我就是多拉河、里帕里亚河、巴尔泰亚河[1]的角色，对吗？"

"对，就是这样。"局长疲惫地说道。然后他挂断了电话。

---

1 译者注：波河是意大利北部的一条大河，其他三条为其支流。

唯一一件好事就是，调查转给了菲利波·米努托洛，一位听得进建议且有脑子的人。

蒙塔巴诺打电话告诉利维娅他要恢复工作了，不过只是做多拉河、里帕里亚河（或者巴尔泰亚河）一样的辅助角色，但她并没有接电话。毫无疑问，和每次来维加塔一样，她要么开车去博物馆，要么去神庙谷散步了。所以他开始打她的手机，但还是无法接通，准确地讲，是自动服务台说"您所拨的用户无法接通，请稍后再拨"。但人怎么会联系不上呢？只能稍后再拨？电话的自动服务台经常干出很没道理的事，比如：您拨打的号码不存在……他们怎么能这么说？每个号码都是别人认为存在才拨的。数字是无穷多的，如果一个数字[1]消失了，哪怕只有一个，整个世界也会陷入混乱。难道电话公司没意识到这一点吗？

不管怎样，现在是吃饭的时间，但他却没有理由返回马里内拉。冰箱或烤箱里没有阿德莉娜做的任何东西。如果知道利维娅住在这儿，女管家就不会出现，直到确定利维娅已经离开。这两个女人彼此厌恶。

当他准备去恩佐餐厅吃饭时，坎塔雷拉告诉他米努托洛警长来电了。

"有什么新消息吗？"

---

1 译者注：此处为双关，电话号码与数字为同一个单词。

"没有，萨尔沃，我找法齐奥。"

"有什么事吗？"

"我打扰他了吗？因为局长没给我派调查人员，只有技术人员。他刚刚在洛法罗的手机上安了追踪器，然后就走了，他说我应该自己去。"

"因为你来自卡拉布里亚，并且是绑架案的专家，这是局长告诉我的。"

米努托洛嘟哝了几句，听起来不完全是在恭维上级。

"所以，我能至少到晚上这段时间借用一下他吗？"

"如果他没有先崩溃的话。听着，你有没有觉得绑匪到现在还没联系我们很奇怪？"

"不，一点儿都不。我曾经在撒丁区遇到一起案件，绑匪在一周后才发了绑架信息，还有一起……"

"你看吧，跟局长说的一样，你才是这方面的专家。"

※

蒙塔巴诺占用休息时间给利维娅打电话，可实际情况是利维娅的手机无法接通。

"欢迎回来，警长先生！你今天来得正是时候。"恩佐说道。

作为额外的款待，恩佐做了八种鱼配蒸粗麦粉，这道菜只做给他"最爱"的顾客。当然，最爱的顾客包括警长在内。警长刚看到面前的菜肴，吸入浓郁的香气，他就被感动了。恩佐误解了他的表情。

"你的眼睛在放光，警长先生！难道你现在发烧了吗？"

"是的！"他没有犹豫地撒谎道。

他连着吃了两大份菜。然后，他厚着脸皮说要是再来点小胭脂鱼就更好啦。他有必要散步到位于码头尽处的灯塔来帮助消化。

回到警局，他又一次给利维娅打电话。电话音还是重复说"您所拨的用户无法接通"。唉，好吧。

加鲁佐进来汇报了超市抢劫的案件。

"不好意思，难道奥杰洛警长不在吗？"

"在，警长，他就在那边。"

"那好，去找他，然后告诉他案情，这要赶在他收到局长委派的工作之前完成。"

※

他无法释怀，开始认真担忧起苏珊娜失踪的案子，他最怕的就是苏珊娜被一个性欲狂绑架了。他建议米努托洛最好马上组织一个搜索队，不要再等一个可能永远不会打来的绑匪电话了。

他从口袋中拿出米米给的那张纸条，拨了上面苏珊娜男朋友的电话。

"你好，是利帕里家吗？我是蒙塔巴诺警长，我想和弗朗西斯科交流一下。"

"哦，您好，我就是弗朗西斯科，警长先生。"

他的口气明显变得失望，很显然他希望是苏珊娜打来的电话。

"听着，你能来见我一下吗？"

"什么时候？"

"如果可以的话，就现在。"

"有什么消息吗？"

这一次语气里的焦虑明显替代了失望。

"没有，但我想和你谈一会儿。"

"我马上来。"

4

十分钟后，弗朗西斯科就来了。

"骑摩托车来得真快！"他说道。

这个男孩长相英俊，高高的个子，穿着入时，眼神清澈。但明眼人都能看出他忧心忡忡，他靠坐在椅子边上，精神紧张。

"我的同事米努托洛询问过你吗？"

"还没有任何人询问过我，我今早晚些时候给苏珊娜的爸爸打了电话看是否……但很可惜……"

他顿了下，直直地看向警长的眼睛。

"这种沉默让我感觉到了最坏的结果。"

"比如？"

"比如她被某些想要侵犯她的人绑架了，现在，她要么在他手上，要么已经……"

"你为什么会这么想？"

"警长先生，大家都知道苏珊娜的爸爸没有钱，他以前不差钱，但他现在已经卖了所有能卖的东西。"

"为什么？他的生意破产了？"

"我不知道原因，但他不是商人，他的薪水很高，并且存了一大笔钱，我想苏珊娜的母亲也继承了一笔……坦白讲，我不太清楚。"

"继续往下说。"

"正如我之前所说，您难道真的认为绑匪会不考虑受害人的经济状况吗？他们会犯这种错误吗？拜托！他们比税务员还了解我们的财产状况。"

这理由说得过去。

"另外，"男孩继续说道，"我在蒂娜家外等了苏珊娜至少四五次。她出来后，我们会骑着摩托车一起回她家，有时我们会中途停留一下，然后继续走。当我们到了苏珊娜家，我们道完别后我就回家了。我们有固定的回家路线，苏珊娜会走弯路最少的那条路。然而，昨晚她却走了另一条路。那条路很长，路面几乎不能过车，几乎全程都要步行，那里也几乎没有路灯，比我们往常走的那个路要远得多。我想不明白为什么她要走那条路，但那儿的确是绑架发生的理想场所，可能这是一场突发的意外绑架。"

这个男孩的头脑很棒。

"你多大了，年轻人？"

"23岁，如果您愿意的话，您可以叫我弗朗西斯科。您和我爸爸差不多大。"

心脏仿佛受了一击，蒙塔巴诺意识到在人生的这个年龄阶段，他不可能有这么大的儿子了。

"你还是个学生吗？"

"法律上讲，是的，我明年毕业。"

"你将来想干什么？"他问这个问题只是为了缓解紧张气氛。

"和您干的一样。"

蒙塔巴诺觉得自己听错了。"你想进警局？"

"是的。"

"为什么？"

"因为我喜欢这种工作。"

"那祝你好运！听着，我们回到你那个关于强奸的猜想，当然这只是一个假设，我敢肯定你已经想过这种结果了。"

"当然。"

"苏珊娜有没有提过，有人对她做过下流的举动、打淫秽电话这类的事情？"

"苏珊娜非常保守。她长得非常漂亮，不管在哪里都能收到很多赞美。有时候她会讲给我听，我俩会一笑而过。如果有任何地方不对，她肯定会和我说的。"

"她的朋友蒂娜认为，苏珊娜是因为自己的心理问题离家出走了。"

弗朗西斯科表情震惊，嘴巴大张，问道："她为什么会这么做？"

"突然的情绪崩溃，她妈妈的病情给她带来的痛苦和紧张，身体劳损，再加上准备考试的压力。苏珊娜脆弱吗？"

"所以蒂娜才这么想？显然，她一点儿都不了解苏珊娜！苏珊娜的神经肯定很紧绷，但只有她妈妈死后才会崩溃！在她母亲的病床旁不会，因为她曾坚信自己现在做的是对的，她是如此坚定……她根本不脆弱！相信我，这是个荒谬的假设。"

"说到这里，苏珊娜的妈妈患得是什么病？"

"非常诚实地讲，警长，我不知道具体是什么病。几周前，苏珊娜的叔叔，卡洛医生，与两位来自罗马和米兰的医生会诊，最终他们得出的结论是放弃治疗。苏珊娜和我说她妈妈得的是不治之症，生存率为零。这对苏珊娜是个致命的打击。如果我问她是什么病，我想她肯定不会正面回答。"

蒙塔巴诺又让谈话回到女孩身上，问道："你和苏珊娜是怎么认识的？"

"只是偶然的机会，在酒吧里认识的，她和我前女友在一起。"

"这是什么时候的事？"

"六个月前。"

"你们俩是马上就很合得来吗？"

"我们是一见钟情。"弗朗西斯科开心地笑道。

"你们做过吗？"

"做过什么？"

"做爱。"

"当然。"

"在哪里？"

"在我家。"

"你自己一个人住？"

"不，我和我爸爸一起住，但他经常去国外出差。他是木材经销商，现在人在俄罗斯。"

"那你妈妈呢？"

"他们离婚了，我妈妈现在再婚并住在锡拉库萨。"

弗朗西斯科张开嘴，又合上了，好像有东西要接着说。

"继续！"蒙塔巴诺鼓励道。

"但我们……"

"说下去。"

这个男孩犹豫了，很明显，讲一些过于隐私的事情让他感到……

"你看！"警长说道，"当你自己成了警察，你也会不得不询问别人的隐私。"

"我知道，我只是想说，我们并不经常做爱。"

"她不愿意吗？"

"不，也不全是。一般是我要求来我家做的，但每次我感觉，我不太清楚，她似乎心不在焉，一点儿都不投入，好像她这么做只是为了取悦我。我意识到，她可能是受到她妈妈病情的影响，这让我羞于要求她……只是昨天下午……"

他停了下来，表情奇怪，好像有点不知所措。

"这太奇怪了……"弗朗西斯科嘟哝道。

警长竖起了耳朵。"只是昨天下午怎么啦？"他追问道。

"她提议要去我家做爱，我同意了，但我们的时间并不多，因为她先要去银行，然后还要去蒂娜家学习。"

男孩看起来仍然很困惑。

"可能她只是想感谢你的耐心。"蒙塔巴诺说道。

"呃，你有可能说得对，因为这是第一次苏珊娜和我一起沉浸其中，完全沉醉，你明白吗？"

"好的，不好意思，但你说你们碰面之前，她去了银行，你知道她为什么去吗？"

"她去取钱。"

"确定吗？"

"当然！"

"你知道她取了多少钱吗？"

"不知道。"

"那为什么苏珊娜的父亲说她的口袋里最多只有三十欧元？"

"可能他不知道她去银行了？"

警长站了起来，男孩也站了起来。

"好的，弗朗西斯科，你可以走了，真的很开心能碰到你，如果需要你的帮助，我会再打给你。"蒙塔巴诺和弗朗西斯科握了握手。

"我能问一件事吗？"男孩问道。

"当然可以！"

"你觉得为什么苏珊娜的摩托车会停在那里？"

弗朗西斯科·利帕里肯定会成为一个好警察！毫无疑问！

※

他给马里内拉的家里打了电话。利维娅刚到家，心情很好。

"你知道吗？"她说道，"我刚发现了一个很棒的地方，名叫科林毕特拉，以前是个大水池，最初是由迦太基战俘挖掘的。"

"在哪里？"

"就在神庙旁边，现在是个美丽的大花园，近期才向公众开放。"

"你吃午饭了吗？"

"没有，只在科林毕特拉吃了一个小三明治，你呢？"

"我也没有，也是只吃了一个小三明治。"谎话脱口而出，毫无征兆。

他为什不告诉她自己已经吃了很多蒸粗麦粉和胭脂鱼？很显然，这违反了利维娅规定的饮食规则。为什么呢？也许是出于羞怯，不愿两人因此争吵。

"可怜的家伙！你会晚回来吗？我真不希望这样，我给你做些东西吃。"

来了，谎言的惩罚来了，他要吃利维娅准备的晚餐来抵偿自己的过错。并不是说她的厨艺很糟糕，只是她做的饭清淡得不能再清淡了，没有滋味，可以入口，但一点儿都不享受。利维娅很少真正下厨，但会暗示自己其实会做饭。

他决定顺便去一趟被绑女孩的家中来看看案件的调查情况。他驾车离开了警局，当车接近女孩家的时候，他发现路上有很多车，有十辆好车一字排开停在房子的一侧，有六七个人挤在紧闭的大门前，肩上扛着录像机，试图好好拍摄花园和走道。蒙塔巴诺摇上车窗，继续往前，同时猛按车喇叭直到开到大门口。

"警长先生！蒙塔巴诺警长！"

他的耳边充斥着众多人的声音。一些可恶的摄影师用强烈的闪光灯让他眼前一片空白。幸运的是，蒙特鲁萨的警员认出了他并打开了大门。警长开了进去，停车后下车。

他发现法齐奥还坐在客厅的单人沙发上，脸色苍白，眼窝凹陷，看起来特别疲惫。他的眼睛闭着，头向后仰，靠在椅背上休息。电话上装了好多小型监听器材，包括一台磁带录音机和监听耳机。一名身穿警服但不隶属于维加塔警局的警察站在玻璃门的旁边，翻看着杂志。当警长进门的时候，电话响了，法齐奥马上跳起来，亮着眼睛戴上耳机，打开磁带录音机，然后拿起了话筒。

"你好？"

他听了一会儿。

"不，米斯特雷塔先生不在家……不，请不要再说了。"

他挂断电话后看见了警长，拿下耳机站了起来。

"警长！在过去的三个小时里，电话一直在响！我的脑子都快不转了！我不知道发生了什么，但是所有人，全意大利的人都知道了这次失踪案件，他们都打来电话想要采访这位可怜的父亲！"

"米努托洛警长在哪里？"

"他回蒙特鲁萨打包过夜的行李了，他准备在这里睡，他刚走。"

"那米斯特雷塔先生呢？"

"刚上楼陪他夫人了，他一小时前刚起来。"

"他还能睡得着觉？"

"睡得时间不长，他打了一针。中午的时候，他的医生弟弟和看护了他妻子一夜的护士来了，医生给他注射了一剂镇静剂，你知道的，警长，他们兄弟二人之间还有了争执。"

"他不想打针？"

"是的，这也是一方面。米斯特雷塔先生看到护工的时候非常沮丧，他告诉弟弟说自己请不起护工了，他弟弟就说钱由他来付。然后米斯特雷塔先生开始痛苦，说他已经沦落到要依靠他人的施舍来过日子了……可怜的男人，我非常同情他。"

"听着，法齐奥，不管你同不同情他，今晚你要按时下班，回家休息，好吗？"

"好的，好的，等米斯特雷塔先生来了。"

睡眠并没有对他起任何作用，他走路摇摇晃晃的，膝盖无力，双手颤抖。看到蒙塔巴诺时，他浑身一震。

"天哪！发生了什么事吗？"

"什么事都没有，我保证。请您不要激动，我来这里想问您些问题，您现在能够回答吗？"

"我可以试试。"

"谢谢。您还记得今早您告诉我苏珊娜身上的钱最多三十欧元吗？这钱是您女儿经常带的数额吗？"

"是的，我确定。她每天基本上都会带这么多钱。"

"那您知道昨天下午她去银行了吗？"

米斯特雷塔看起来吃了一惊。

"下午吗？不，我不知道，谁告诉你的？"

"弗朗西斯科，苏珊娜的男朋友。"

米斯特雷塔先生看起来真的很困惑，他坐在能够到的第一张椅子上，用手敲着额头，他在非常认真地回想。

"除非……"他嘟哝道。

"除非什么？"

"是这样的，昨天早上，我告诉苏珊娜去银行查一下，看拖欠的退休金到没到账。银行账户在我俩的名下。如果钱在里边，她应该取出了三千欧元，还了一些债。坦白讲，我不想过多讨论这些，它们让我喘不过气来。"

"什么样的债务，您要是不介意的话，能说一下吗？"

"我不太清楚，有药店的，还有一些商店的……并不是说它们带给了我压力，只不过我……但是，当苏珊娜中午回家的时候，我没有问她去没去银行，所以可能……"

"……可能她到下午的时候才想起来去银行这件事。"警长替他说了他没说完的话。

"我确定就是这样。"米斯特雷塔说道。

但这也就意味着，苏珊娜身上至少有三千欧元，当然，这并不是一笔巨款，但对于一个愚蠢的人来说……

"但她应该用这钱把账结算了啊！"

"不，她没有。"

"你为什么这么肯定？"

"因为她从银行出来后，就直接和弗朗西斯科交谈了。对了，"他拍了拍手说道，"我们能打电话查证一下……"

米斯特雷塔疲惫地站起来，走向电话，拨了个号码，然后用所有人都能听见的声音轻声问道：

"您好，是贝维拉夸药店吗？"他几乎是马上挂了电话说道，"你是对的，警长，她没去药店偿还我们欠的钱……那么如果她没去药店的话，她可能也没去其他地方。"然后突然他大声喊道：

"圣母玛利亚啊！"

这似乎不太可能，但他本来就苍白的脸色变得更加苍白，蒙塔巴诺担心面前的这个男人可能会在悲痛中中风发作。

"出了什么事？"

"现在他们不会再相信我了。"米斯特雷塔低声说道。

"谁不会相信你了？"

"绑匪！我把事实告诉了一位记者。"

"什么记者？你告诉了记者？"

"是的，但只有一个。米努托洛警长让我这么做的。"

"但是为什么？为了上帝的爱吗？天哪！"

米斯特雷塔迷惑地看着他。

"我不该这么做吗？我想给绑匪传递信息……告诉他们，他们正在犯非常严重的错误，我没有那么多钱来付赎金……现在他们已经发现了三千欧元……你能想象吗，一个女孩带着这么多钱来回走，他们再也不会相信我了！可怜的……女孩……我可怜的女儿啊！"

他哭得说不出话来，但警长现在担心的比他说的更多。

"真是个好日子！"蒙塔巴诺说道。

他在客厅里来来回回地走，无法抑制自己的怒火。该死的米努托洛在想什么！他知道发出这种声明的后果吗？他现在简直都能想到外面的报纸、电视和所有人都是怎么夸大这件事的！绑匪现在很有可能会恼羞成怒，做出更下流的事情，可怜的苏珊娜就会承受更多折磨。当然，假设确实有一伙索要赎金的绑匪的话。

在花园里，他叫了在玻璃门旁读杂志的警察。

"去告诉你的同事，让他把大门给我打开。"

他坐进车里，启动引擎，等了几秒钟，然后像舒马赫开 F1 赛车一样冲了出去。外面的记者和摄影师四处躲避，咒骂道：

"这是谁，他疯了吗？他想杀人吗？"

他没有选择来时的路，而是选了发现摩托车的那条路。普通轿车在那条路上根本开不动，于是他不得不把车开得很慢，而且为了避免车轮陷入沙漠的那种沙坑里，他在路上不断闪转腾挪。但最糟糕的事情是，在距离小镇郊区半英里地时，一个巨大的基坑把路阻断了，很明显，意大利的这些前方道路施工总是在最需要通过时出现。为了通过这里，苏珊娜肯定要下车，推着摩托车绕过基坑，或者不得不绕道而行。在她之前通过这里的人已经在空地上轧出了一条路。但这意味着什么？为什么苏珊娜要选择这条路？他有了一个想法，在左躲右闪了半天之后，他受伤的肩膀又开始疼了，于是开车掉头按原路返回。这条土路似乎没有尽头，最后好不容易来到了主干道，他停下了车。他想做的事情要花费至少一个小时，也就意味着他会晚回家，而这可能会激怒利维娅，但他现在无暇顾及这些。另一方面，他想做的仅仅是来一遍路线例行检查，警局里的任何一位都会做这个，他开车返回了总部。

"立刻叫奥杰洛警长来我办公室！"他命令坎塔雷拉道。

"警长，他现在不在。"

"那谁在？告诉我他们的名字。"

"好的，现在有加洛、加鲁佐、贾隆巴尔多、格拉索……"

他选了加洛。

"您有什么吩咐，警长？"

"听着，加洛，我要你回到你早上带我去看摩托车的那条土路去。"

"您想要我干什么？"

"那条路上大概有十户人家，我想让你去挨个拜访，询问他们是否认识苏珊娜·米斯特雷塔，或者他们是否看见一个女孩昨晚骑着摩托车经过这里。"

"好的，警长，我明天一大早就去。"

"不，加洛，我想你没听明白我说的话，我想让你现在就去，一有情况立刻打我家里电话。"

※

他提心吊胆地回到家，担心利维娅会对他展开严刑逼供。确实，他一回家，在给了他一个漫不经心的问候吻之后，她马上开始追问他。

"为什么你必须要去工作？"

"因为局长让我回去工作。"他又说道，"作为预备队，但只是暂时的。"

"你不累吗？"

"一点儿都不累。"

"你必须要开车吗？"

"我有公车来回送我。"

拷问结束！这简直就是小菜一碟。

5

危险过去了，于是他反问道："你看新闻了吗？"

利维娅回答说她还没打开电视机，因此他必须等着看十点半播出的维加塔台新闻了。米努托洛肯定要上这家无论谁上台都坚决支持政府的电视台的节目。

利维娅的意大利面煮得有点过火，酱汁酸，肉煎得有点老，但至少没有真的难吃到让人想自杀。吃饭期间，利维娅一直在和他讲科林毕特拉的事情，想向他传递自己的喜悦心情。

但她突然停下，站起身走到了阳台处。

蒙塔巴诺过了一会儿才反应过来她已经不说话了。他没有站起来，以为利维娅是听到了什么动静才走到外面去的，他大声询问道：

"有什么东西吗？你听到了什么？"

利维娅出现在他面前的时候两眼冒着怒火。

"什么都没有，这就是我听到的，我应该听到什么？我听到的只有你的沉默！那么响亮清晰！你从来不听我说话，或者你假装在听，但是回答却是无尽的嘟哝！"

不，不要争吵！他无论如何都想避免争吵。也许通过假装悲伤……这可能完全就是舞台剧了，因为事实的确是：他真的非常疲倦。

"不，利维娅，不是……"他说道。

他把胳膊支在桌子上，用手捂住脸。利维娅马上又开始担心，并换了种口气。

"讲道理，萨尔沃。当任何人和你说话的时候，你只是……"

"我知道，我知道，请原谅我，我就是这样的人，我甚至都没有意识到当……"他崩溃地说道，用手紧紧地盖在眼睛上。然后他突然站起来，跑进卫生间并关上了门，在卫生间里洗了把脸才出来。

利维娅后悔地站在门外，他收拾好表情，要是有观众的话，两人的情感肯定已经打动了他们。他们紧紧地拥抱，并不停地向对方道歉，乞求对方原谅。

"对不起，只是今天是一个坏……"

"我也很抱歉，萨尔沃。"

他们在这小小的阳台上互诉衷肠了两个小时，然后回到了客厅，警长打开电视，换到了维加塔卫视频道。苏珊娜·米斯特雷塔绑架案当然是新闻头条。在新闻主持人说到这个女孩的时候，她的照片也出现在屏幕里。这时，警长才发现自己一直都不知道她的长相，苏珊娜长得漂亮，金发碧眼。正如弗朗西斯科说的那样，在大街上都会惹来众人的赞赏。她的表情充满自信和坚定，这让她看起来比实际年龄更成熟。随后又出来几张她家的照片。新闻记者基本上都认为苏珊娜被绑架了，尽管事实上她的家人还没有接到要求赎金的电话。在新闻的最后，记者提醒观众，稍后会播出警局对受害人父亲米斯特雷塔先生的独家报道。

当米斯特雷塔先生出现的时候，蒙塔巴诺目瞪口呆。面对电视摄像机时会有三种人：一种是失去了理智，结巴、焦急，人们会骂他活该；第二种则非常理智，和往常的举止一样；第三种是少数，他们在镜头转过来的时候会表现得更理智。米斯特雷塔是第三种人。他说绑架他女儿苏珊娜的做法是错误的，不管绑匪要求多少赎金，他家都没办法拿出这笔钱，绑匪应该好好想想，最好的办法就是马上释放苏珊娜。如果绑匪想要其他东西，他现在无法想象他们要求他马上去做些什么，但他会想尽办法满足他们。

"我要说的就这么多！"他的语气坚定，眼里无神，困惑但无所畏惧。通过这则声明，这位地质学家赢得了所有观众的尊重。

"这位米斯特雷塔先生是位真正的勇士！"利维娅说道。

新闻主持人再次出现说，在警局确定今日发生的最大案件的性质之后，他将继续追踪报道此次新闻。然后，维加塔卫视时事评论员皮波·拉贡涅丝出现在电视屏幕中，一脸愤怒地说，众所周知，这位退休的地质学家——塞尔瓦托·米斯特雷塔为人谦逊低调，但命运给他开了个玩笑，他的妻子身染重病，曾经富裕的家境也变得一贫如洗。因此，就像刚才这位可怜的父亲所说，如果绑匪想要钱，那么这只是一场错误的悲剧。现在还有谁不知道米斯特雷塔家处于赤贫状态啊？只有外国人，那些第三世界国家来的人才一点儿都不知道。不可否认，自从这些非法移民来了后，犯罪率陡然上升，超过了以往的最高纪录，这是真正的入侵。当地政府还在等什么？为何还不切实强化移民法规的实施？这起绑架案有一点儿让他个人感到很宽慰。案件的调查活动全权交给了蒙特鲁萨警局非常能干的菲利波·米努托洛警长，而不是萨尔沃·蒙塔巴诺警长。蒙塔巴诺警长家喻户晓，主要是因为他敏捷的思维、非正统的调查手段、偶尔爆发的颠覆性观点，而不是破案能力。拉贡涅丝祝愿各位晚安。

"真是个混蛋！"利维娅说道，关上了电视。

蒙塔巴诺选择不发表评论。现在拉贡涅丝对他的评论对他不起任何作用，这时，电话响了，是加洛打来的。

"我刚干完您交给我的任务，警长。那条路周围的住户有一家没人住，并且看起来荒废有一段时间了，其他所有人都说他们不认识苏珊娜，也没见过昨晚有一个女孩骑着摩托车经过。但有一位女士说，她没看见并不一定意味着没有女孩骑车经过。"

"为什么要告诉我这个？"

"因为这些屋子的花园和厨房都在后边，而不在朝路的那一面。"

他挂了电话。无尽的失望让他涌起了巨大的疲惫感。

"你想说什么？我们能休息了吗？"

"嗯，"利维娅说道，"但你怎么不跟我讲讲绑架案的事呢？"

因为你没给我说的机会，他本想这么说，但马上忍住了。要是说了肯定又会引起一场激烈的争吵。他只是耸了耸肩，没说话。

"你真的不想插手吗，就跟电视里那个白痴[1]一样？"

"恭喜你，利维娅！"

"为什么？"

"我发现你现在完全变成了维加塔人，你管拉贡涅丝叫白痴，简直跟本地人一样。"

"很显然，我是从你那儿学到的，但是告诉我，你真的……"

"不能完全这么说，我应该是和米努托洛一起调查，但案子开始时就是他接手的，而我则在家休假。"

"我收拾屋子时和我说说这起绑架案吧。"

警长把自己知道的都告诉了她，当他说完后，利维娅看起来很困惑，说："如果绑匪真的要赎金，那你其他的推测不都是错的了？"

她也想过，绑匪绑架苏珊娜是为了性侵她。蒙塔巴诺想告诉她的是，要赎金并不意味着没有强奸，但他觉得最好还是不要告诉她，免得她睡觉还担心这件事。

"你想先洗澡吗？"

"好的。"

蒙塔巴诺打开玻璃门，走到阳台上坐了下来，点了支烟。夜色如婴儿般寂静。他试图不再想苏珊娜，还有她在这个夜晚注定要忍受的无边恐惧。

---

1 译者注：原文为 cornuto，在西西里岛特别通用。

过了一会儿，他听到屋里有动静，便起身进了房间，结果一进去就石化了，利维娅裸着站在屋子中间。身上还滴着水，很显然，她在洗澡中途突然想起了，然后就直接跑出来了，她美极了，但蒙塔巴诺却一动都不敢动，因为利维娅的眼睛眯成了一条缝，里边闪着暴怒的火光。

"你……你……"利维娅说道，她的手臂伸直，用手指着警长。

"我怎么了？"

"你什么时候得到的绑架消息？"

"今天早上。"

"是你去警局的时候吗？"

"不是，在这之前。"

"多久前？"

"你不记得了吗？"

"我想亲耳听你说。"

"你起床去厨房做咖啡的时候，我接到一个电话，坎塔雷拉先和我说了，我没明白他在说什么，然后法齐奥打电话告诉我一个女孩失踪了。"

"然后你做了什么？"

"我洗了个澡，穿好了衣服。"

"不，你没这样做，你这个让人恶心的伪君子！你还把我抱到了厨房的椅子上！禽兽！你怎么能在听到那个可怜女孩失踪的消息时还想着和我上床！"

"稍等，你仔细想想，当我接到电话时，我不知道事情这么严重。"

"看到了吗？记者是对的，那个人叫什么来着，他说你没有本事，而且毫无感情！实际上，你还不如呢！你就是个畜生！是头肮脏的猪！"

她跑了出去，警长听到了卧室门钥匙上锁的声音。他走到门口敲门道："拜托，利维娅，你不觉得自己有点过激了吗？"

"不，一点儿也不，你今晚睡沙发。"

"但沙发太不舒服了！拜托，利维娅，我在沙发上根本就睡不着！"

利维娅没有回应。他决定打同情牌。"我敢肯定我的伤会再次复发。"他可怜兮兮地说道。

"太糟糕了。"

他知道她只要认定了一个想法就不会轻易改变，所以不得不放弃了说服。他小声地咒骂着。好似有回应似的，法齐奥打电话来了。

"难道我没告诉你回家休息吗？"

"我不能放着这件事不管，警长。"

"你想干什么？"

"绑匪刚刚打来电话，米努托洛警长想知道你是否能过来一趟。"

※

他马上开车到女孩的家中，在路上，他突然想到没有和利维娅说自己出门了，尽管他们之间发生了争吵，但仅仅为了避免再一次的争吵，出门还是应该告诉她一声。利维娅可能认为他生气地跑到酒店睡觉去了，那就太糟糕了。

但现在他怎么找人开门啊？靠着汽车的前照灯，他看到大门口没有门铃、对讲机，什么都没有，唯一的办法就是按喇叭。他希望在喇叭把全镇的人吵醒之前能有人给他开门。他轻轻地按了下喇叭，很快一个男人从房中出来。男人没有拿钥匙就把大门打开，让蒙塔巴诺开车进来，警长停好车后下车，这时，这个男人走上前进行了自我介绍。

"我是卡洛·米斯特雷塔。"

医生弟弟穿着考究，大约五十五岁，个子很矮，戴着高档眼镜，脸颊红润，没有胡子，微微有些小肚腩，长得很像穿便服的主教，他继续说道：

"您的同事告诉我绑匪打来电话，我就跑着过来了，因为塞尔瓦托有点不适。"

"他现在怎么样了？"

"我喂他吃了药，想让他休息会儿。"

"他妻子怎么样了？"

医生摆了摆手，没有说话。

"还没告诉她……"

"还没有，"医生说道，"这是她最不能知道的事情。塞尔瓦托告诉她苏珊娜在巴勒莫参加考试，但我可怜的嫂子的脑子并不是很清楚，她经常时不时地记不起事情。"

客厅里只有法齐奥在，他在一直坐着的单人沙发上睡着了，米努托洛吸着烟坐在另一张沙发上。房间里的玻璃门大开着，好流通新鲜的空气。

"能查出电话是从哪儿打来的吗？"蒙塔巴诺的第一个问题就是这个。

"不能，通话时间太短了。"米努托洛说道，"现在听好了，我们稍后再讨论这件事。"

"好的。"

凭借动物般的直觉，法齐奥感觉到蒙塔巴诺来了，睁开了眼睛，马上跳了起来。

"你来了，警长？你想听什么？坐到我这里吧。"

没等警长回答，他就打开了磁带录音机。

　　"您好，谁啊？这里是米斯特雷塔家，谁啊？"

　　……

　　"谁？"

　　"听我说，别打断，女孩现在在我们手上，她现在很好，认得出她的声音吗？"

　　……

　　"爸爸……爸爸……拜托……救救……"

　　……

　　"你听到了吗？快准备一大笔钱，我后天会再打过来。"

　　……

　　"喂？喂？喂？"

　　……

"再放一遍！"警长说道。

他最不愿做的就是再次判断女孩声音的绝望程度，但他必须这样做。作为预防，他用一只手捂住了眼睛，以防自己感情用事。

再次听完录音后，米斯特雷塔医生用手盖住了脸，肩膀因啜泣而抖动，冲了出去，跑进了花园里。

"他很喜欢他的侄女。"米努托洛说道。

然后他看着蒙塔巴诺说道："所以，这是一条预先录制的录音，你同意我的观点吗？"

"完全同意！男人做了变声。"

"很明显。"

"绑匪至少有两个人。苏珊娜的声音在后面，离录音者比较远，当制作录音的男人说'认得出她的声音吗'时，在苏珊娜开口前经过了几秒钟，这是他同伙拿掉堵住苏珊娜嘴的东西的时间，然后他马上又堵上了苏珊娜的嘴，打断了她的恳求，她要说的肯定是救救我，你觉得呢？"

"我觉得可能只有一个绑匪，首先他说'认得出她的声音吗'，然后他走过去拿掉了塞口物。"

"这不可能，因为如果是这样的话，绑匪问问题和苏珊娜声音响起的中间停顿时间会更长。"

"好吧，你知道些什么？"

"不，你才是专家。"

"但他们没按常规办事。"

"你说说。"

"好的，绑架的一般步骤是什么？有负责实施绑架行动的人，我们称为B队，B队把被绑的人转交给C队，C队负责照顾和隐藏受害人的琐碎工作，这时A队就出场了，他们是专门负责电话勒索赎金的人。所有这些都需要时间，因此绑匪往往需要几天的时间完成绑架工作。然而，在我们这个案子中，这只花了几个小时。"

"这意味着什么？"

"在我看来，这意味着犯罪团伙在绑架苏珊娜的同时提出了赎金要求，这可能是家庭作案，成本较低。如果他们不是专业绑匪，那女孩的情况就更复杂，也更危险了。明白吗？"

"完全明白。"

"这也意味着他们离我们并不远，"他停了一下，沉思道，"但另一方面，这也不像那种专门骗钱的绑架。在那种案件中，赎金要求往往第一次就会提出来，他们不会浪费时间。"

"这次来电是为了让我们听苏珊娜的声音。"蒙塔巴诺说道，"这正常吗？我并不认为这正常。"

"你说得对！"米努托洛说道，"从没出现过这样的情况，这只会在电影中出现。经常出现的状况是，如果你不想付款，他们等一会儿会让受害人写下几句话来劝说你，或者他们会邮寄给你受害人的一只耳朵。这是绑匪允许受害人和家人取得联系的唯一方式。"

"你注意到他们怎么说话了吗？"

"他们怎么说话的？"

"纯正的意大利语，没有一点儿地方口音。"

"你说得对，那你现在要干什么？"

"你想让我干什么？"

"我要向局长报告这里的情况。"

"那通电话让我感到很疑惑。"蒙塔巴诺最后说道。

"我也是。"米努托洛说道。

"跟我说说，为什么要让米斯特雷塔对着记者说那样的话？"

"为了把事情搞大，炒热局势，加快速度。我不喜欢这位漂亮的女孩长时间被挟持。"

"你打算告诉媒体这次电话的内容吗？"

"完全不想。"

"现在就这样吧。"警长走向又陷入睡眠的法齐奥，晃了晃他的肩膀。

"醒醒，我送你回家。"

法齐奥稍稍抵抗了下。

"拜托，无论如何，绑匪后天才会打来电话，他们自己说的，不是吗？"

※

送完法齐奥后，蒙塔巴诺开车回家，他蹑手蹑脚地进到家里，进到卫生间洗漱，然后准备躺到沙发上睡觉，他累得甚至都开始骂娘了。当他脱下衬衫后，在黑暗中发现卧室的门半开着。显然，利维娅后悔把他赶走了。他又回到浴室，脱下衣服，悄悄地走进卧室里躺下。一会儿，他伸直四肢靠近熟睡的利维娅，当他闭上眼的时候，他感觉自己马上进入了梦乡。突然，时间停滞了，无须看表，他就知道现在是3点27分40秒，他睡了多久？幸运的是，他一躺下就睡着了。

利维娅早上七点左右醒了，这时蒙塔巴诺也醒了，两人讲和了。

※

弗朗西斯科·利帕里，苏珊娜的男朋友，正在警局门口等着他，从他双眼下大大的黑眼圈就能知道他的烦恼和不眠之夜。

"很抱歉，警长，但今天一大早，我打电话给苏珊娜的父亲，他告诉我绑匪来电话了，所以——"

"什么？！我以为米努托洛不想让任何人知道。"

男孩耸了耸肩。

"你说得很对，进来吧，但不要和任何人提起电话的事情。"

当警长进到办公室的时候，他吩咐坎塔雷拉不要让任何人打扰他。

"你有什么要告诉我的事情吗？"他问这个年轻人。

"没什么特别的事情，但昨晚我突然想到我忘了告诉你一件事，我不知道它到底重不重要……"

"在案子中，任何事情都很重要。"

"当我发现苏珊娜摩托车的时候，我并没有马上去她家告诉她爸爸，我沿着土路回到了维加塔，然后转了一圈回到了起点位置。"

"为什么？"

"我不知道，一开始是我的直觉，我想她可能晕倒或者跌倒失忆了，所以我决定沿着路找她。然后当我返回后，我不是在找她，而是在找……"

"她一直戴着的头盔。"蒙塔巴诺说道。

男孩看着他，一脸惊讶。

6

"您也这么想？"

"我？当我到现场的时候，我的手下已经在那儿有一会儿了。苏珊娜的父亲告诉我们她经常戴着头盔，他们找遍了各个地方，包括沿路和墙后的地里。"

"我只是无法想象，绑匪拖着正在挣扎和尖叫的苏珊娜进到他车里的时候，苏珊娜的头盔竟然还会好好的。"

"我也是，但事实就是如此。"

"但你真的对事情怎么发生的毫无头绪吗？"弗朗西斯科问道，语气充满了怀疑和希望。

现在的孩子啊！警长想，他们如此轻易地信任我们，而我们的所作所为却让他们失望。

为了不让弗朗西斯科发现他的想法（但这不可能是年龄大和创伤后遗症的影响吧？），他弯下腰查看抽屉里放着的纸。直到自己声音稳定的时候才回答道：

"现在仍然有很多我们不能解释的事情。第一，为什么苏珊娜要选择一条她从没走过的路回家？"

"可能她认识住在那里的人。"

"那里没人认识她，也没有人看到她骑着摩托车经过，当然，他们中间有人可能没说实话。在这样的案子中，没说实话的人要么可能是同伙，要么就是帮凶。可能就只有他一个人在那个时间、那个日子知道苏珊娜会骑着摩托车经过。你明白吗？"

"明白。"

"但如果苏珊娜不是因为什么特殊原因走那条路，那么绑架的发生可能完全是随机的，但这并不能解释事件是如何发生的。"

"为什么不能？"

"因为绑匪表现出了计划性，至少是有轻微的组织性，我们能从电话中得知这是有预谋的，他们看起来并不急于摆脱苏珊娜，这也就意味着他们带着她待在安全地带，他们不可能在短短几个小时内就找到这样的地方。"

男孩无话可说，他全神贯注地思考着警长所说的话，警长都能听到男孩脑子飞快运转的声音了。过了会儿，弗朗西斯科得出了自己的结论。

"据您所说，绑匪很有可能知道苏珊娜当晚要走那条土路，某些住在附近的人……这样的话，我们要弄清真相就要知道所有人的姓名，证明……"

"停，如果你要开始进行假设，你必须也要预测到失败的可能性。"

"我不明白。"

"这样说吧，假设我们对住在那条路附近的所有人进行了周密的调查，我们了解了所有人的底细，甚至知道他们屁股上长着几根毛，但最后我们发现苏珊娜和他们任何人都没有接触，接下来你要怎么办？从头开始？全盘放弃？自我否定？"

男孩并不想停止。

"那好，那你认为应该做什么？"

"同时进行和验证其他猜测，同步进行，不要对其中的任何一种假设有先入为主的想法，即使它看起来最接近真相。"

"那你有其他猜测了吗？"

"当然！"

"你能告诉我其中的一个吗？"

"如果这能让你好受点……好吧，苏珊娜选择那条土路是因为某人告诉她要在一个非常安全的地点见面，因为那里没人……"

"这不可能。"

"什么不可能？苏珊娜不可能有这样的约会？你确定吗？注意，我不是说她有多角恋爱关系，可能她是出于我们不知道的某些原因和某人见面，所以她毫无戒心地踏入了这场约会陷阱中。当她到了那地方后，她停下车，摘下头盔拿在手上，知道见面时间应该很短。然后她靠近车子，就被绑架了。你觉得这行得通吗？"

"不！"弗朗西斯科坚定地说道。

"为什么不？"

"因为在我俩见面的那天下午，她肯定会告诉我这场会面，我很确定她是信任我的。"

"我相信你，但可能苏珊娜没有机会告诉你。"

"我不明白。"

"那天晚上你陪她去她朋友家了吗？"

"没有。"

"苏珊娜有部手机我们一直没找到，对吧？"

"是的。"

"她可能和你分开后，在去她朋友家的路上才接到这个电话，并答应独自赴约。因为你之后再也没见过她，所以她还没来得及告诉你。"

男孩想了一会儿，然后他下定决心说道：

"这有可能。"

"所以关于你的这些疑问，你想告诉我什么？"

弗朗西斯科没有回答，他把脸埋在手里。蒙塔巴诺火上浇油地说道：

"但我们的思路也有可能完全错误。"

男孩从椅子上跳了起来。

"你在说什么？"

"我只是说，有可能我们的猜测是错误的，也就是说苏珊娜没有走那条土路。"

"但我确实在那里发现了摩托车！"

"但这并不一定意味着苏珊娜离开维加塔是走的这条路。我给你举个例子，我脑子里首先闪现的念头是，苏珊娜离开她朋友家，和往常一样回家，住在郊外的人常走这条路，路的尽头是米斯特雷塔家几英里外的叫拉库卡的乡村，沿途住着喜欢住在乡下的通勤上班族、农民和其他人，即使他们在维加塔工作，但他们彼此熟悉，并且可能在同一时间上下班。"

"是的，但绑架是怎么发生的？"

"让我说完，绑匪肯定跟踪了苏珊娜一段时间，观察她回家的时候周围的交通如何，并且踩点确认了最佳行动场所。那天晚上，他们很幸运地在那条土路的十字路口处开展了计划。他们用某种手段堵在苏珊娜前面。他们至少有三个人。两个人下车把她拖到车里。一人开着车，可能朝维加塔方向去了。然而，两人中的一个留下来，骑着摩托车，跟在车后面，然后他把摩托车留在土路某个位置。这就能解释为什么摩托车的方向是朝着维加塔了。之后绑匪上了车，消失在了日落中。"

弗朗西斯科看起来有些疑惑。

"但他们为什么要考虑摩托车？他们为什么要在意这个呢？他们最关心的应该是尽快离开现场。"

"但我刚才和你说过那条常走的路上时不时就有路人走过！他们不能把摩托车留在路上，因为有人会认为这里发生了场车祸，其他人可能会认出这是苏珊娜的车子……这会让绑匪提心吊胆，他们也没有时间找地方藏车。就算他们骑上了摩托车，也会把车子挪到人迹罕至的土路上。但我们也可以有其他假设。"

"可以吗？"

"有多少都可以，毕竟这是在开脑洞。但首先我必须要问你一个问题。"

"你曾告诉我你有时候会送苏珊娜回家。"

"是的。"

"她家大门是开着的还是关着的？"

"关着的，苏珊娜会用她的钥匙开门。"

"所以我们也可以假设，苏珊娜把车停靠在大门上，正拿着钥匙的时候，某人走向她，这个人她曾在路上见过几次，是上班通勤的。这个人请求苏珊娜带着他到土路那里，编了一些谎言或其他什么的，比如在去维加塔的路上他妻子打电话说身体不舒服向他求救，又或者他儿子被车撞了……苏珊娜无法拒绝，所以她带着他骑了回去。在这种情况下，摩托车的方向问题就有了解释。另一种可能性是……"

蒙塔巴诺突然停下了。

"你怎么不往下说了？"

"因为我说烦了，不要再蒙骗你自己了：实际上，究竟发生了什么并不重要。"

"不重要？"

"不重要，因为你想想看……我们调查得越仔细，看似很有必要，但却让案情越发模糊，失去焦点。拿你举个例子，你来找我不是想知道苏珊娜的头盔是怎么回事吗？"

"她的头盔？是的。"

"你看，我们讨论得越多，头盔就会变得越来越不重要，事实上它变得如此不重要是因为我们没再讨论它。问题的核心是怎么样，而不是为什么。"

弗朗西斯科正想问其他问题的时候，门猛地开了，这把他吓得从椅子上蹦了起来。

"怎么了？"他问道。

"是我，我手滑了。"坎塔雷拉在门口懊恼地说道。

"怎么了？"蒙塔巴诺反问道。

"鉴于您刚才告诉我不允许任何人来打扰，我来向您确认一件事。"

"说吧！"

"记者齐托先生属于您所谓的打扰人士吗？接不接他的电话？"

"不，他不算，把电话接过来吧。"

"嗨，萨尔沃，我是尼科洛，很抱歉打扰你了，但我想告诉你，我刚到办公室。"

"谁管你什么时候上班！向你的上级说去。"

"不，萨尔沃，我很严肃，我刚上班的时候，我的秘书告诉我……好吧，这和被绑架的女孩有关。"

"好，告诉我你的秘书说了什么。"

"不，我想你最好来一趟。"

"我尽快赶过去。"

"不，现在立刻过来。"

蒙塔巴诺挂了电话，站起身，和弗朗西斯科握了握手。

※

白由频道是尼科洛·齐托就职的私人电视台，位于蒙特鲁萨边缘。在警长开车前往目的地的时候，他试图猜测是什么事情让他的记者朋友这么着急找他。他的猜测是对的，尼科洛在电视台的大门口等着警长，当他看到蒙塔巴诺停好车后，他就急忙出来迎接他，看起来很焦躁。

"怎么了？"

"今天早上，我的秘书刚刚来上班，一个匿名电话就打了过来，一个男人问这儿是不是有电话录音设备，我的秘书说有，他又说准备好这个设备，他五分钟后打过来。"

他们进了尼科洛的办公室，在办公室里放着一个手提式专业磁带录音机。记者把它打开，正如警长预期的那样，他从录音机里听到了和米斯特雷塔家完全一样的内容。

"这太可怕了，那个可怜的女孩……"齐托说道，"米斯特雷塔先生接到这通电话了吗？还是这些混蛋想让我们充当中间人传递消息？"

"他们昨天晚上就打来电话了。"

齐托松了口气，说道："我很开心听到这个消息，但为什么他们也给我们发了一份？"

"我能理解为什么这些绑匪要将绑架苏珊娜的事情搞得尽人皆知了。"蒙塔巴诺说道，"通常来说，绑匪一般都在暗地里联络赎金什么的，但这群绑匪却大摇大摆，搞得尽人皆知，他们想利用苏珊娜的求饶恐吓其他人。"

"为什么？"

"这就是问题的关键所在。"

"那我现在要做什么？"

"如果你想陪他们玩一下，那就把这通电话的内容播出去。"

"我不会帮助罪犯的。"

"好样的！到时候我肯定会把这句高尚的宣言刻在你的墓碑上。"

"你确实是个混蛋！"齐托说。

"那好，既然你说了自己是位品德高尚的记者，那就打电话给法官和局长，告诉他们录音的事情，并把它展示给他们看。"

"我会这么做的。"

"你最好现在就打。"

"很急吗？"齐托一边拨局长办公室的电话一边问道。

蒙塔巴诺没有说话。

"我在外面等你。"他说道，然后起身走了出去。

今天的天气真的很好，微风轻拂，警长点了一支烟，还没抽完记者就出来了。

"办好了。"

"他们说了什么？"

"封锁消息，不要让录音流传出去，他们派了一位官员来取磁带。"

"我们能进去吗？"警长问道。

"你想和我待在一起吗？"

"不，我想看看其他东西。"

当他们进到办公室后，蒙塔巴诺让尼科洛打开电视，并把频道转到维加塔卫视。

"你想从这些混蛋嘴里听到什么？"

"稍等一会儿你就明白为什么我这么着急让你打给局长了。"

在屏幕的下方出现了一行字，写着：

维加塔卫视特别新闻，稍后马上回来。

"该死的！"尼科洛说道，"这些绑匪也给他们打电话了！这些卑鄙小人准备公开它！"

"这不是你希望的吗？"

"不！你让我失去了独家新闻。"

"你现在改变想法了？做个决定吧：你是想做一名诚实还是不诚实的记者？"

那行电视字幕消失后，维加塔卫视的标识再次出现在屏幕上，没有一丝预兆，米斯特雷塔先生的脸出现在电视屏幕上，电视台重播了绑架发生后米斯特雷塔先生的发言。然后维加塔卫视的记者出现在镜头里，说道："现在我们出于特殊原因重播了苏珊娜父亲的恳请，现在插播一条骇人听闻的消息，那就是今早我们电视台接到了一通来电。"以米斯特雷塔家为背景，记者公布了与打给自由频道相同的电话内容。随后，画面就被切换到了皮波·拉贡涅丝，他腆着一张紫红色的脸说道：

"我想在维加塔卫视实话实说，编辑人员非常激烈地谈论是不是要公开收到的电话消息，苏珊娜·米斯特雷塔绝望的声音是生活在文明社会中的我们不能承受的，这有悖于我们的良知。但公民的知情权是神圣不可侵犯的，记者有义务尊重公民的这项神圣权利。否则，我们就不能拍着胸脯，自豪地说自己是为公众服务的记者，我们选择在播放录音之前重播女孩父亲绝望的声明是为了告诉绑匪，鉴于米斯特雷塔家的经济情况，他们的赎金要求是不可能的，我不知道他们是不明白还是不愿明白这一点。在这不幸的僵局中，我们寄希望于法律的力量，特别是经验丰富的米务托洛警长，热切地希望尽快将坏人绳之以法。"

第一次出现的主持人又出现在镜头前，说道：

"这条特殊消息会每小时循环重播。"

新闻结束，该恢复正常了。

一档摇滚音乐节目开演了。

蒙塔巴诺一直对在电视台工作的人充满好奇。比如，他们是怎么做到先播放遇难者成百上千的地震、被洪水淹没的小镇、儿童受伤哭泣、人类尸体的图片，随后就是：现在让我们来看里约狂欢节的一些精彩镜头，有色彩鲜艳的花车、开心的笑脸、拉丁舞和舞动的臀部。

"混蛋！"齐托说道，气得脸都变红了，踢翻了一个凳子。

"不急，我会修理他的！"蒙塔巴诺说道。

他快速地拨了一串号码，等了几分钟，他听到了接线员的声音。

"你好？我是蒙塔巴诺，请帮我接局长。好的，谢谢。好的，我一直在线上。好的。局长先生？您好，很抱歉打扰您，我是在自由频道的办公室给您打的电话。是的，我知道刚才尼科洛给您打过电话。当然，他是一名尽职守法的公民，并且会履行他的义务……他把他新闻工作者的利益放到了一边……当然，我会告诉他……好的，我想说的是，我待在这里的时候，又来了一通匿名电话。"

尼科洛震惊地看着他，冲他摇了摇手，摆出了"洋蓟"手势[1]，好像在说："你在搞什么鬼？"

"声音和之前的一样。"蒙塔巴诺继续对着电话说道，"还是让他准备好录音。只不过当他们五分钟后来电的时候，不仅电话连接出了问题，你无法听清他们在说什么，甚至磁带录音机也坏了。"

"你到底告诉了他什么？"尼科洛压低声音问道。

"好的，局长，我会一直在线上等着他们的再次来电。您刚才说什么？维加塔卫视刚刚播出了那通绑匪来电？这不可能！他们还重播了女孩父亲的声明？不，我不知道。我从没听说这件事！这甚至可以看作是场犯罪！他们应该把磁带交给警局，而不是公之于众！齐托做的是对的！您说法官在考虑采取什么行动？好！非常棒！局长，我突然想到了一些事情。仅仅是我的直觉。如果这群绑匪又打电话给了自由频道，那肯定也会再打给维加塔卫视，够幸运的话，维加塔卫视会拿到第二次录音……当然，他们会说自己没收到，因为他们想留到合适的时机再公布……肮脏的把戏，您说的完全正确……我还轮不到给您提建议，您是专家，但我想彻查维加塔卫视办公室的话应该有所收获……好的……好的……向您致以我最高的敬意，局长先生。"

尼科洛敬佩地看着他。

---

1 译者注：手掌摊平，五指攒拢向上，轻微摇晃，状似洋蓟因而得名。在西西里以及意大利各地是代表诘问的手势。

"你是演戏的专家啊！"

"你会看到，面对检察官的策划和局长的搜查，他们甚至都不会有时间上厕所，更不用说重播特别报道了！"

他们痛快地笑了一场，但尼科洛的表情又重新严肃了起来。

听了女孩父亲的话，又听了绑匪的话，他说："二者好像是耳聋者之间的对话，女孩的父亲说他一点儿钱都没有，但绑匪却让他准备好钱，即使他把郊外的房子卖了，他们能得多少钱？"

"你和你尊敬的皮波·拉贡涅丝想的一样吗？"

"什么？"

"绑架者是一群缺乏经验的，不知道自己不仅会一无所得，而且会失去所有的第三世界移民？"

"绝对不是。"

"可能绑匪没有电视，所以他们没看到女孩父亲的请求。"

"或者可能……"尼科洛张了张嘴，然后什么都没说，好像在疑惑着什么。

7

"或者什么？"蒙塔巴诺追问道。

"我只是有这么个想法，但我难以启齿。"

"我向你保证，不管你说的话多么愚蠢，我都不会传出去。"

"这听起来就像美国电影的情节一样。镇上的人说，大约四五年前，米斯特雷塔一家生活富裕，后来被迫变卖了所有值钱的东西。有没有可能绑匪是多年前离开而现在又回到维加塔的人，因此没有发现米斯特雷塔家现在的经济情况？"

"在我看来，你的想法比一部美国电影更像是波兰·佩皮诺的片子。用用你的脑子！你不能只从这个角度想绑架案，尼科洛，绑架的同谋肯定会告诉你口中的'回到维加塔的浪子'米斯特雷塔几乎已经破产了！讲到这里，你能告诉我米斯特雷塔是怎么失去所有东西的吗？"

"你知道，我的想法很多。我认为他们是被迫变卖东西的，是突然性的……"

"变卖了什么？"

"土地、房子、店铺……"

"你说他们是被迫的？这太奇怪了！"

"怎么奇怪了？"

"仿佛六年前，他们急需一大笔钱来付，好吧，赎金。"

"但六年前没有发生绑架案。"

"可能没有，或者可能没人知道这件事。"

※

尽管法官立刻采取了行动，但在限制令生效之前，维加塔卫视又重播了一次特别报道。这一次不仅全维加塔人，连蒙特鲁萨整个省的人都不知所措地观看了这次报道。瞬间，新闻传遍了街头巷尾。如果绑匪想要让所有人都关注这起绑架案，那他们真的是大获成功了。

一小时后，在另一次重播中，皮波·拉贡涅丝再次出现在镜头前，眼睛睁得都快要脱出眼眶了。他用沙哑的嗓音说道："我觉得有责任告诉大众，在这一刻电视台受到了某些极不寻常的骚扰，很显然这是滥用权力，是恐吓策略，是真正的迫害。绑匪的录音留言已被法院命令没收，现在警方以某些名目在进行搜查，尽管大家都不怎么清楚这是什么情况。最后，我想说的是，当局绝不会成功扼杀自由言论的声音，永远不会。我和维加塔卫视，在这种严峻的形势下，将继续向公众及时更新案件进展。"

※

蒙塔巴诺尽情地解答了在尼科洛·齐托办公室里产生的所有困惑，然后回到了警局。当他接到利维娅电话的时候他才刚刚到。

"你好，萨尔沃吗？"

"利维娅，怎么了？"

"玛尔塔给我打电话了。"

玛尔塔·詹图尔科是一位港务局官员的妻子，也是利维娅在维加塔的朋友。

"所以？"

"她告诉我让我马上打开电视看维加塔卫视的特别新闻，我也这么做了。"

她停了一下。

"这太可怕了……那个可怜的女孩……她的声音让人心碎……"过了一会儿，她继续说道。

"那是怎么回事？"

"嗯……我知道……"蒙塔巴诺说道，让她知道自己在听她讲话。

"然后我听到拉贡涅丝说你在找他麻烦。"

"呃……实际上……"

"你有点什么想法了吗？"

我们正在全力以赴，他想这么说，但他说的是：

"我们正在努力。"

"你怀疑拉贡涅丝绑架了那个女孩吗？"利维娅讽刺地说道。

"利维娅，现在不是听你讽刺我的时候。我告诉你了我们正在努力。"

"希望如此！"利维娅生气地说道，语调低沉，像是暴风雨来临的前夕。

然后她挂断了电话。

所以现在利维娅喜欢上打无礼的威胁电话了。称之为"威胁"是不是有点过分？不，完全不。简直离起诉不远了。拜托，不要再让自己像个混蛋了，别再生气了。你现在冷静了吗？是吗？那现在开始给你想打电话的人打电话，先不要想利维娅了。

"你好，是卡洛·米斯特雷塔吗？我是蒙塔巴诺警长。"

"有什么消息吗？"

"没有，我很抱歉。但我想和您说几句话，医生。"

"我今天早上特别忙，今天下午也是。我想我有点忽视我的病人了。今晚可以吗？好吗？让我想想，我们能在我哥哥的家中约……"

"不好意思，医生，我是想单独和您聊聊。"

"你想让我去警局找你吗？"

"你，你不用这么麻烦。"

"那好，那就今晚八点来我家，可以吗？我住在维亚……太复杂了，有点解释不清。那我们这样吧，我们今晚八点在维加塔郊外去费拉的第一个汽车加油站处见吧。"

电话又响了起来。

"您好，警长吗？有位女士想找您聊点私事，她说这是私事。"

"她说她叫什么了吗？"

"我想她说是川吉尔·乔，警长。"

"什么？！"警长特别好奇地想要知道来找他的女士叫什么名字。他接过电话。

"你是谁，女士？"

"我是阿德莉娜。"

他的管家！自从利维娅来后他就再没见过她。怎么回事？难道她也是来威胁他的，就像如果你不把那个女孩解救出来，我就再也不去你家给你做饭了。真是个恐怖的猜测，特别是他记得她最喜欢说的话："电话和电报只会带来坏消息。"所以，如果她打来电话，那就说明她有非常重要的事情要说。

"什么事，阿德莉娜。"

"先生，我想告诉您，皮平娜生了个孩子。"

"谁是皮平娜？"他的管家为什么要告诉自己她生了个孩子？警长的管家意识到他完全不记得了。

"您不记得了吗，先生？皮平娜是我儿子帕斯夸里的妻子。"

阿德莉娜有两个有犯罪倾向的儿子，他们是监狱的常客，警长参加了阿德莉娜小儿子帕斯夸里的婚礼。已经过去九个月了？天哪，时间真是过得飞快！他有点不高兴，这有两个原因：第一，他的年龄越来越大；第二，年龄大会让人的脑子变得迟钝。但他的怒火打消了内心的悲伤。

"男孩还是女孩？"

"男孩，先生。"

"我对你表示衷心的祝贺。"

"稍等，先生，帕斯夸里和皮平娜想让您当阿塔的洗礼教父。"

他已经好心地参加婚礼了，现在他们又想让他成为孩子洗礼仪式上的教父。

"洗礼仪式是什么时候？"

"十天后。"

"给我几天的时间思考，好吗，阿德莉娜？"

"当然可以，利维娅小姐什么时候走啊？"

※

他去了自己通常去的餐馆，利维娅已经坐在了桌旁。从远处看，她用眼神一直注视着他直到他坐下，这不是件轻松的事。

"所以你打算怎么办？"她咄咄逼人地说道。

"利维娅，我们几十分钟前才刚说过这个话题！"

"所以呢？一个小时能够发生很多事情。"

"你觉得我们在这里讨论这些事情合适吗？"

"合适，因为你回家从来不和我说你工作上的事，或者你想让我去你办公室谈论这个，警长？"

"利维娅，我们真的尽全力了，在这个非常时刻，大多数警员，包括来自蒙特鲁萨警局的米姆都在搜索临近的郊区，寻找……"

"那为什么你的人都在外寻找线索，而你却安稳地和我坐在饭馆里说话？"

"因为局长让我这么做。"

"局长让你在警员都苦苦寻找线索和女孩饱受痛苦的时候在饭馆里吃饭？真是让人讨厌！"

"利维娅，不要再攻击我了！"

"躲在暗处的卑鄙小人，对吧？"

"利维娅，你会是一名好密探。局长已经分好个人职责了，我和负责调查的米努托洛一起工作，而米米和其他人则负责搜查，这是件苦差。"

"可怜的米米。"

在利维娅看来，每个人都可怜，可怜的女孩，可怜的米米……只有一个人不值得她同情，那就是他。他一把推开每次和利维娅吃饭都被迫点的蒜油面意面。老板恩佐跑了过来，担忧地说：

"有什么不对吗，警长？"

"没有，我只是不是很饿。"他撒谎道。

利维娅看都没看他一眼，继续吃着饭。为了活跃气氛，好好享受第二道菜，他点了西西里鳊鱼，酱香味从厨房满溢出来，给了他不少能量。他决定告诉利维娅管家的来电，但出师就不利。

"阿德莉娜今天早上给我打电话了。"

"我知道了。"她的语言像子弹一样。

"'我知道了'是什么意思？"

"意思是阿德莉娜打电话到办公室找你，而不是打到家里，因为要是打到家的话，我肯定就接了，这样她心里肯定会受伤。"

"好的，当我没说。"

"不，你说，我好奇她说了什么？"

"她想让我做她孙子洗礼仪式上的教父，孩子是她儿子帕斯夸里的。"

"那你怎么说？"

"我说给我几天时间考虑。但我有些犹豫，我想答应她。"

"你疯了！"她的声音很大。

会计师米利泰洛先生坐在他们左边，吓得叉子停在了半空中，嘴巴张开；皮塞特罗医生坐在他们右边，被一口酒呛到了。

"为什么？"蒙塔巴诺问道，对她这么激烈的反应有些困惑。

"你说'为什么'是什么意思？这个帕斯夸里，你管家的儿子，不是一个惯犯吗？你自己不是还亲自抓了他好几次吗？"

"所以呢？我会成为一个新生儿的教父，现在这名新生儿还没有成为像他父亲一样的惯犯。"

"我不是这个意思，你知道在洗礼仪式上成为婴儿的教父意味着什么吗？"

"我不知道。"

"你抱着孩子，"利维娅像个神父一样摇了摇她的食指说道，"不好意思，亲爱的，成为一名教父意味着承担特殊的职责，你难道不知道吗？"

"不！"蒙塔巴诺诚恳地说道。

"如果孩子的父亲发生了什么意外，那么教父会承担亲生父亲的责任照顾孩子，教父如父。"

"真的吗？"蒙塔巴诺吃惊地问道。

"问问你认识的人，如果你不相信我的话。所以如果你下次逮捕这位帕斯夸里，把他送到监狱的话，那你就必须照看他的儿子，纠正他的行为……你能想象这些吗？"

"呃……需要我拿些鱼吗？"恩佐问道。

"不需要。"蒙塔巴诺说道。

"需要。"利维娅说道。

利维娅拒绝了送她回家的请求，坐公交车回了马里内拉。

因为他没吃多少东西，蒙塔巴诺没有去码头散步，而是直接回了警局。当时还不到三点，坎塔雷拉就在大门口堵住了他。

"警长！警长！局长来电！"

"什么时候？"

"现在！他还没挂呢！"

警长从会议室拿起了总机接过来的电话。

"蒙塔巴诺吗？你必须马上行动起来！"局长博内蒂·阿德里奇焦急地说道。

他现在要怎么做？按下按钮？转动把手？只要局长发出这种要激活他的声响，他的小马达难道不是都应该马上转动起来吗？

"是的，局长。"

"我刚刚得知奥杰洛警长在调查中受伤了，必须马上换人，现在你要去替他，但不要自作主张。过几个小时后，我会派一个年轻人来。"

啊，多么心地善良、思维灵敏的局长啊！什么，一个年轻人，怎么博内蒂·阿德里奇认为他是需要照顾的婴儿吗？

"加洛！"

他把所有怒气都发泄在了这声大喊中。加洛马上出现在他的面前。

"怎么了，警长？"

"找到奥杰洛警长的位置，他受伤了，我们必须马上把他替换下来。"

加洛脸色突变。

"圣母玛利亚！"他说道。

他为什么这么担心奥杰洛？警长试着安慰他。

"我不觉得他的伤会很重，你知道的，他可能滑了一下，然后……"

"我在想我自己，警长。"

"为什么？怎么了？"

"我也不知道，警长，应该是我吃的东西……我胃不舒服，每隔几分钟就要去趟厕所。"

"你憋着。"

加洛嘟哝着走了出去，过了几分钟后才进来。

"奥杰洛警长和他的小队在坎切洛地区，在去加罗塔的那条路上，从这里走大概需要四十五分钟。"

"我们走，现在去开警车。"

※

他们沿着省道大概走了半个小时后，加洛对着蒙塔巴诺说道："警长，我忍不住了。"

"我们到坎切洛还有多远？"

"最多几英里，但我……"

"好的，一有机会你就靠边停车吧。"

他们的右边出现了一条小径，那儿的一棵树上钉着一块木板，上面写着：新鲜鸡蛋。这是片无人耕作的土地，长满了野生植物。

加洛把车开到小路上，停车后马上从车里冲了出来，然后消失在一片枸杞丛中。蒙塔巴诺也从车上下来，点了一根烟。在几百英里外是一座荒废的乡村小屋，还有一个小院子，这里肯定就是卖鸡蛋的地方。他走到小路边，拉开裤子拉链，但突然拉链卡到了衬衫，怎么拉都拉不动。蒙塔巴诺弯下腰查看，就在这时，他的眼睛被一束光刺了一下。等他解决完个人问题后，拉链又卡住了，同样的动作，相同的结果，他在弯腰的时候又被光刺了下眼。他往四周打量，想知道光的来源，在灌木丛的底部半掩着什么圆圆的东西。他马上意识到那是什么，并将他面前的灌木丛拨开，一个摩托车头盔，女士用的。它在这里的时间应该并不长，因为只有表层覆盖着浅浅的灰尘，这是一个崭新的、没有刮痕的头盔。他从口袋里拿出了一只手套戴在了右手上，蹲在地上，用手抓起了头盔，上下查看，然后他脸朝下观察头盔里有什么，头盔里非常干净，没有任何血迹，只有卡在里边的两三根金色的头发，和黑色的内衬成了鲜明的对比。他敢百分之百地确定这是苏珊娜的头盔。

"嗨，警长，你在哪儿？"

是加洛，他把头盔放回原地，站了起来。

"来这儿。"

加洛走了过来，蒙塔巴诺指着那个头盔，这燃起了他的好奇心。

"我想这是那个女孩的。"

"你真是个幸运的混蛋！"加洛忍不住说道。

"你这个混蛋才是幸运的那个！"警长说道，"我要赞美的是侦查技巧。"

"但如果说头盔在这里，这意味着女孩可能被藏在附近？我应该申请警力支持吗？"

"绑匪把头盔扔在这里就是为了让你这么想。他们试图误导我们。"

"那我们该怎么做？"

"去联系奥杰洛小队，让他们派人封锁现场。同时，你留在这里等他们，不要离开。我不想让某些过路人发现头盔后把它拿走，同时把车挪一下，不要挡着车道。"

"谁会走这里啊？"

蒙塔巴诺往别处走去，没有回答他的问题。

"你去哪里？"

"我想去看看他们是不是真的有新鲜的鸡蛋。"

当他靠近农舍时，母鸡咯咯哒的声音越来越响，但他看不见一只鸡。鸡笼肯定在房子的后边。当他进到院子里时，一个女人从农舍里走了出来。她大约三十岁，身材高挑，头发黑亮，皮肤光洁，身材丰满迷人。她着装讲究，穿着高跟鞋。一刹那间，他认为这是来买鸡蛋的客人，但这位女人笑着用方言说：

"你怎么把车停那么远？可以停在门前嘛。"

蒙塔巴诺胡乱地打了个手势。

"请进！"女人说道，并率先进了屋里。

一堵墙把小屋子隔成了两个房间，前面的房间应该是客厅，中间放着一张桌子，桌子上有四筐鸡蛋，旁边有四个藤椅，餐具柜上放着电话和冰箱，柜子的一角放着一个小煤气炉，另一角则盖着一个塑料帘布。房间中唯一不合适的就是充当沙发的轻便小床，屋里很干净。年轻女人直直地看着他，没有说话。过了一会儿，她终于开口了，但声音小得警长几乎听不清楚，她说：

"你来是想要鸡蛋，还是……"

"还是"是指什么？唯一找到答案的方式就是看看之后会发生什么。

"还是……"蒙塔巴诺说道。

这个女人站了起来，飞快地瞟了一眼后面的房间，然后关上门。警长想门里可能有什么人，有可能卧室里有她熟睡的孩子。这个女人坐在了小床上，脱掉高跟鞋后又开始脱裙子。

"把大门关上，如果你想洗个澡，在帘布后你能找到洗漱用具。"她对蒙塔巴诺说道。

这就是她说的"还是"啊……他举起了自己的手。

"就到这里吧！"他说道。

8

女人疑惑地看着他。

"我是蒙塔巴诺警长。"

"圣母玛利亚!"她大喊道,脸变得通红,像弹簧一样跳了起来。

"别害怕!你有卖鸡蛋的许可证吗?"

"有的,警长,我这就拿给你。"

"这很重要,你不需要让我看,但我敢肯定我的同事会问你要。"

"为什么?发生了什么事?"

"首先你要告诉我,你自己住在这里吗?"

"不,我和我丈夫一起。"

"他在哪儿?"

"就在这里。"

这里?在另一间屋子里?蒙塔巴诺惊得下巴都要掉了。什么?当他的妻子在和第一次见面的陌生人做爱时,她的丈夫竟然冷静地坐在那里?

"把他叫过来。"

"他来不了。"

"为什么？"

"他的双腿没了，一场意外让他失去了双腿。"她说道。

"什么意外？"

"犁地的时候拖拉机翻车了。"

"什么时候发生的？"

"三年前，那时候我们刚结婚两年。"

"带我去见见他。"

女人走去打开门，然后站在一旁。

警长进了房间，他的鼻腔瞬间充斥了浓重的药味。在一张大双人床上，一个男人半睡半醒地躺在床上，呼吸沉重。房间的一角放着一台电视机，前面是一架轮椅。梳妆台上摆满了药瓶和注射器。

"医生也截掉了他的左胳膊，"女人静静地说道，"每时每刻他都忍受着剧烈的疼痛。"

"为什么不把他送到医院？"

"因为我能把他照顾得更好，主要问题是药费太贵了，我不想让他放弃治疗，如果可以，我愿意卖掉自己的眼睛给他治病，这就是我接客的原因。米斯特雷塔医生告诉我，如果他疼得特别厉害，那就给他打一针。就在一小时前，他疼极了，哭得像个孩子，乞求我杀了他，他想死，所以我只好给他打了一针。"

蒙塔巴诺察看了一下梳妆台，上面有吗啡。

"我们去另一个房间吧。"

他们回到了客厅，警长说道："你知道有个女孩被绑架了吗？"

"我知道，警长，我在电视里看到了这条新闻。"

"在过去的几天里，你有没有注意到周围有什么异常？"

"没有。"

"你确定没有吗？"

女人犹豫了。

"不久前的一个晚上……但也可能是我的错觉。"

"不管怎样，和我说说。"

"那天晚上，我躺在床上还没睡，听到了开车的声音……我当时想可能是有人来找我了，于是我就从床上起来。"

"你还在晚上接客？"

"是的，警长，他们都是体面人，有地位的人，不想在白天被人认出来，所以他们来的时候都会打电话。这就是我为什么惊讶有车的动静，因为那天晚上没人来电话。但车停了一会儿便转道走了，因为这里没多余的地方停车。"

这个可怜的女人和她不幸的、卧床不起的丈夫应该和绑架案毫无关系。而且他们的屋子在野外，早晚都有不少人来。

"听着！"蒙塔巴诺说，"在我们停车的地方，我们发现了可能属于被绑架女孩的物品。"

女人的脸变得惨白。"我们和此事毫无关系！"她坚决地说道。

"但你会被询问。"

"告诉他们那辆车的事情，但不要提起有人会在晚上来见你，而且不要穿成这样见他们，不要化妆，也不要穿高跟鞋，把小床放到卧室里，你在这里只卖鸡蛋，明白吗？"

他听见车的声音，然后走了出去。加洛召集的巡警来了，但在他身旁站着米米·奥杰洛。

"我本是要来顶替你的。"蒙塔巴诺说道。

"不需要了，"米米说道，"他们已经派博诺利斯接替我协助调查了，我想局长一分一秒都不想让你插手，我们可以回维加塔了。"

这时，加洛正在向同事指发现头盔的地方，米米在蒙塔巴诺的帮助下，爬到了另一辆车里。

"发生什么了？"

"我摔到了满是石头的坑里。可能摔断了几根肋骨。你向局里报告你发现头盔了吗？"

"我忘了！"蒙塔巴诺猛地拍了下自己的额头说。

奥杰洛算是很了解蒙塔巴诺，但他也不知道，当警长忘记某些事的时候，意思其实是他不想这么做。

"你想让我打电话吗？"

"是的，打给米努托洛，告诉他发生的事情。"

※

他们刚要开车回去的时候，米米冷淡地问道：

"你知道什么吧？"

"你是不是故意的？"

"我做什么是故意的？"

"你问我是不是知道什么。这种问题让我很抓狂。"

"好的，好的，其实在两小时前，宪兵报告他们发现了女孩的背包。"

"你确定是她的吗？"

"确定，里边有她的身份证。"

"还有其他的吗？"

"没有了，空的。"

"很好，现在一比一了，"警长说道，"我不明白。首先我们发现了一件东西，然后宪兵队发现了另一件东西，平局，背包是在哪里发现的？"

"在去往蒙泰雷亚莱的路上，四千米标识牌的后面，很容易发现。"

"与我们发现头盔的地方完全相反。"

"完全正确！"

车内又陷入了沉默。

"你的意思是，你的想法和我的完全一样吗？"

"正是如此。"

"我想把你的想法用简短的话清晰地表达出来，是不是所有的调查、所有的东奔西跑都只是瞎浪费时间，简直是一团糟。"

"完全正确。"

"我想延伸一下。绑匪在绑架当晚开着他们的车四处晃荡，将苏珊娜的东西扔出窗外，制造出大量的假象，所有的这一切都意味着女孩不在她的物品被发现的地方附近。"米米总结道，"他们想让局长相信这些假象，他倒是愿意让我们一路搜到阿斯普岁山[1]去呢。"

※

到办公室后，他发现法齐奥正在等他，他已经知道他们发现东西了，法齐奥手里拿着一个小行李箱。

"你要走了？"

"不，警长，我要回苏珊娜她家去，米斯特雷塔医生想让我处理下电话，我有机会再换衣服。"

"你有什么事想告诉我吗？"

"是的，警长，自从维加塔卫视的特别新闻播出后，苏珊娜家的电话就被打爆了，不过没什么特别来电，只是一些采访请求、鼓励话语、祈祷这一类的。但有两通电话的语气却有点怪，第一个是叫佩鲁佐的前政府雇员。"

"什么佩鲁佐？"

"我也不知道，警长。他就这么叫自己的，他还说自己叫什么无所谓。他让我转告米斯特雷塔先生，骄傲可能是件好事，但过于骄傲反而是件坏事，就这些。"

"嗯，另外一个来电呢？"

"是一位年长的女士，她想和米斯特雷塔夫人通话，当我终于说服她米斯特雷塔夫人不便接电话时，她就让我转告一句话给她：苏珊娜的人生掌握在你的手里，请你破除障碍，踏出

---

1 译者注：该山位于西西里岛对面的意大利本土。

第一步。"

"你怎么理解的？"

"我不知道，警长，我要走了，你要和我一起去吗？"

"我不认为今晚我要在那儿。听着，你告诉米努托洛这些来电了吗？"

"没有，警长。"

"为什么？"

"因为我不认为他会重视，然而我觉得你会感兴趣。"

法齐奥走了出去。

好警察！他意识到尽管这两通电话看起来毫无联系，但它们却有共同点，不多但能确定一件事，那就是佩鲁佐的前政府雇员和年老女士都建议米斯特雷塔先生及其夫人改变态度。第一通电话建议丈夫做事更灵活些，第二通电话则建议妻子要采取行动战胜困难。可能到目前为止的调查需要完全转换下思路。他们需要好好调查一下受害人的家庭，这时和米斯特雷塔夫人对话就显得很重要了。不管怎样，她现在身体状况如何？另一方面，如果这位身体虚弱的女人仍然不知道女儿被绑架的消息，那他要怎么提问来证实自己的猜测呢？他需要米斯特雷塔医生的帮助，他看了看表，现在是七点四十分。

他打电话告诉利维娅自己会晚一会儿回家。

"我们从没按时吃过晚饭！"

他只是听她讲，没有回答，因为他没有时间和她吵架。

电话又响了，是加洛，他们决定让米米住院观察。

※

　　警长晚上八点钟准时到达去费拉路上的第一个汽车加油站，然而却没有米斯特雷塔医生来到的任何迹象。又过了十分钟，警长已经抽完了两根烟，于是开始担心。绝不能相信医生，当他们和你约好了时间后，你至少会等一个小时才能见到他们；当他们和你约好在外面见面时，他们还是会在一小时后才露面，拖到最后一刻才出来，理由是有病人耽误了。

　　米斯特雷塔医生把他的 SUV 停在蒙塔巴诺车的旁边，仅仅迟到了半个小时。

　　"不好意思，我来晚了，只是在最后的时候，一个病人……"

　　"我理解。"

　　"能请您开车跟着我吗？"

　　他们一前一后开车走了，拐到了国道，又转到了省道，又从省道开到了土路，从土路上下来后又走了一段距离，最终到达了一处开阔的空地。他们把车停在了郊区别墅的大门处，这间屋子比医生的地质学家哥哥的家要大一些，也要好一些。院子周围是高高的围墙。如果这两位米斯特雷塔先生不住在郊区别墅中，是不是会感到莫名地低人一等呢？医生下车开了大门，然后开了进去，随后他示意蒙塔巴诺也把车开进来。他们把车停在了花园，他的花园和他哥哥的一样疏于打理。

　　在房子的右侧是一个面积较大的低矮建筑物，可能之前是个马厩。医生打开房子的大门，开了灯，带着警长坐到客厅的长沙发上。

"您稍等一会儿，我马上回来，我得把大门关上。"

很显然，他没有结婚，独自一人居住。沙发装饰得漂亮干净，客厅的一面墙上挂满了彩色玻璃收藏品，高高的架子盖住了另一面墙的一半，上面摆的书不是警长以为的医学或科学书籍，而是小说。

"抱歉！"医生回来说道，"您想喝些什么吗？"

"不用了，谢谢，您还没结婚，对吗？"

"我没结，我年轻的时候没想过结婚，等想结婚的时候，年纪已经过了。"

"您自己一个人住这里？"

医生笑了。

"我知道你什么意思。这房子对于一个人来说太大了，曾经这里是葡萄园和橄榄园……你刚看见的房子旁边的建筑物里仍有葡萄酒桶、酒窖和榨汁机，不过现在没人用了……楼上很久以前就锁着。所以，过去的几年里确实是我自己一个人住在这里。关于家务活，我请了一个女佣，她上午工作，一周三天。我自己做饭吃……"

他停了一下。

"或者我去一位女性朋友家吃饭。迟早你会发现的，不管怎样，她是一个寡妇，到现在为止我们已经认识十年了，您也应该有一位这样的人。"

"谢谢，医生，但我来见您的目的是想稍微了解一下您嫂子的病情，如果可能并且您又愿意的话……"

"您看，警长，在这种情况下也无须什么保密专业守则了。我嫂子中毒了，毒素无法排出，毫无疑问最终会夺去她的生命。"

"有人给她下毒了？！"

就像被空中掉下的石头砸到了脑袋，也像突然挨了一拳，出乎意料的事实一下子让警长震惊了。医生说得如此轻描淡写，让他感觉自己出现了幻听，像是耳边响起了一道铃声，或者这声短促的铃声是存在的？可能大门的门铃响了？又或者是旁边的桌子上电话有了短暂的响声？然而，旁边的医生却不像听到了任何声音。

"不用说得这么含糊。"医生神色不变，语气就像一名指出学生论文小错误的老师一样，"她不是被某个人下了毒，而是被一个人下了毒。"

"那您知道他的名字吗？"

"当然知道！"他笑了一下。

不，诚实地讲，卡洛·米斯特雷塔的唇边算不上是笑容，是假笑，更准确地讲是嘲笑。

"为什么您不上报这件事？"

"因为没有起诉的法律证据。如果信仰上帝的话，那只能上天堂去告诉上帝，但我确定上帝肯定早就清楚了。"

蒙塔巴诺开始理解他的说法。

"所以，当你说米斯特雷塔夫人是被人下毒的时候，我想你的话语中隐含了其他深意？"

"其实我并不会严格使用专业术语。作为医生，我会使用我平常不会用的单词和表达方式，但你不是来这里看病的。"

"米斯特雷塔夫人是被人用什么方式下毒的？"

"用生活。你看，我一直在使用诊断中不可能出现的词语，她被生活毒害了。更好地讲，是某些人残忍地迫使她进入这个可憎的世界。从某种意义上说，朱莉娅拒绝进入，但她放弃了抵抗，放弃了声张。"

这位卡洛·米斯特雷塔善于讲话，但警长需要听实话，而不是美文。

"不好意思，医生，但我需要问您更多的问题，有没有可能是她的丈夫不知不觉地……"

"谁？"

卡洛·米斯特雷塔双唇分开，露出了一些牙齿，换句话说，这是他真正的笑容。

"我的哥哥？你在开玩笑吗？他愿意把自己的生命都献给自己的妻子，并且当你知道他俩的全部故事时，你就会觉得你的怀疑非常可笑。"

"情人呢？"

医生看起来很茫然。

"什么？"

"我是说，会不会有另外一个男人，浪漫的失恋故事，如果你不介意我……"

"我相信朱莉娅生命中唯一的男人就是我哥哥。"

这时，蒙塔巴诺失去了耐心，他厌倦了猜谜游戏。最重要的一点是，他不是很喜欢这位米斯特雷塔医生，就在他准备进行更详细的询问时，医生好像感觉到了警长的态度，抬了抬他的手说道：

"他们的兄弟。"

"上帝啊！这位来自哪里？是谁的兄弟？"

他知道如果一开始调查全部的兄弟、叔叔、亲戚、侄子和侄女，那案件就要复杂得让他抓狂了。

"朱莉娅的兄弟。"医生继续说道。

"米斯特雷塔夫人还有兄弟？"

"是的，是安东尼奥。"

"那为什么他……"

"在当前案子中他没被提及，是因为他和朱莉娅已经好长时间不联系了。"

这种事情在蒙塔巴诺的调查中会经常碰到。那就是很多毫无关联的事件总会立刻在他的头脑中浮现，每个疑问都能找到各自合理的解释，这种事甚至会在他完全搞清案件之前发生，因此警长不由自主地问道：

"我们能说说这六年中发生的事吗？"

医生惊讶地看着他说道："你难道已经知道发生的所有事了吗？"

蒙塔巴诺做了个手势，表示自己什么都不知道。

"不是六年间，"医生纠正他道，"但确实所有的事情都要从六年前说起。你知道，我的嫂子朱莉娅和她的兄弟安东尼奥非常不幸地在年幼时就成了孤儿，安东尼奥比她小三岁。他们的父母死于火车事故，也没留下多少遗产，之后这对孤儿被他们母亲那边的一位单身汉舅舅收养，这位舅舅很照顾也很喜欢他们，所以在朱莉娅和安东尼奥长大后，他们非常依恋他，这种情感很容易出现在孤儿身上。朱莉娅过完她十六岁生日后不久，她的舅舅就去世了，留下了很少的遗产，所以朱莉娅不得不退学，好让安东尼奥继续深造。她找了一份售货员的工作，二十岁时她遇到了我哥哥塞尔瓦托，两人相爱了。但朱莉娅坚持要在安东尼奥毕业并找到份体面的工作后才和我哥哥结婚。她从没有从她未来的丈夫那里得到哪怕一丝一毫的经济帮助，她很独立，所有的事情都自己扛。最终，安东尼奥找到了一份好工作，成了一名工程师，而朱莉娅也和塞尔瓦托结婚了。三年后，我的哥哥收到了来自乌拉圭的工作邀请，于是他和妻子一起搬去了那里生活。"这时，刺耳的电话声划破了别墅的寂静，动静好像卡拉什尼科夫冲锋枪的枪声一样。医生吓了一跳，然后就跑去接电话。

"你好？……是的，什么？……什么时候？……好的，我马上到……蒙塔巴诺警长和我在一起，你想和他说话吗？"

他脸色苍白，没说一句话转身把话筒递给了警长，是法齐奥。

"警长吗？我给你办公室和家里都打了电话，但没人知道你……听着，绑匪不超过十分钟前刚刚打来了电话……我想如果你在现场就更好了。"

"我马上来。"

"稍等一会儿！"卡洛·米斯特雷塔说道，"我需要给塞尔瓦托拿些药，他太伤心了。"

他走了出去，这些绑匪比他们说的打电话时间要早。

为什么？也许某些事打乱了他们的计划，他们的时间不够了？又或者这只是迷惑他人的手段？医生手里拿着一个小手提包出来了。

"我先走，你可以开车跟着我走，我哥哥家和我家中间有条捷径。"

9

　　他们在半个小时内就赶到了地方，穿着蒙特鲁萨警服的警察不认识警长，开了大门后，他给医生放行，却拦住了蒙塔巴诺的车。

　　"你是谁？"

　　"你怎么会不知道我！大家一般都叫我蒙塔巴诺警长。"

　　警察疑惑地看了看他，但还是让他进去了。进了客厅后，他们发现只有米努托洛和法齐奥在。

　　"我哥哥在哪儿？"医生问道。

　　"听着，"米努托洛说道，"听到电话的时候，他几乎昏了过去，所以我上楼叫护士把他救醒，劝他回房休息了。"

　　"我上楼看看他。"医生说道。

　　然后他就拿着包走了。与此同时，法齐奥打开了电话旁的录音设备。

　　"这也是个预先录制好的留言。"米努托洛说道，"并且这次他们言归正传说出了条件。"

　　"请注意，苏珊娜现在很好，但是感到很绝望，因为迫切想要陪在她妈妈身边。准备好60亿里拉，我再重复一遍是60亿里拉，米斯特雷塔知道怎么筹集。再见！"

这个假声和第一次录音里的男性声音一样。

"你试着追踪电话来源了吗？"蒙塔巴诺问道。

"你怎么问这么幼稚的问题！"米努托洛反驳道。

"这次他们没让我们听苏珊娜的声音。"

"是的。"

"而且他们说的是里拉。"

"那你想听到什么？"米努托洛挖苦地说道。

"欧元。"

"有什么不一样吗？"

"当然不一样。除非你和那群店主一样认为一千里拉等于一欧元。"

"你的观点是什么？"

"没什么观点，只是感觉而已。"

"说说。"

"发来消息的人仍旧是老式思维，觉得用里拉计数比用欧元方便，他没有说三百万欧元，而是说了六十亿里拉。总之，在我看来，打来电话的人应该上岁数了。"

"或许他很聪明，故意让我们这样认为。"蒙塔巴诺说道，"当他把头盔和背包扔在截然相反的小镇两头时，他就在牵着我们的鼻子走。"

"我能稍微出去一会儿吗？我需要呼吸些新鲜空气。"法齐奥说。

"我五分钟之后回来。不管怎样，如果电话响了，你们就接。"

其实，他并不需要走出去，他只是在上级之间对话时有些不舒服。

"去吧，去吧！"米努托洛和蒙塔巴诺同时说道。

"但在电话里有些新情况，并且我认为非常严重。"米努托洛接着说道。

"是的，"蒙塔巴诺说道，"绑匪很肯定米斯特雷塔知道怎么弄到六十亿里拉。"

"然而我们却毫无头绪。"

"但我们可以知道。"

"怎么知道？"

"用绑匪的思维来思考问题。"

"你在开玩笑吗？"

"一点儿也没有。我的意思是，我们也可以迫使米斯特雷塔往正确的方向采取行动，让他和绑匪谈一个交得起的赎金金额。这样就可以让我们理清很多事情。"

"我不明白。"

"总之，绑匪从一开始就知道米斯特雷塔不可能支付赎金，但他们仍然绑走了女孩，为什么？因为他们也知道米斯特雷塔是能拿出一大笔钱的。你同意我的说法吗？"

"是的。"

"注意，不只是绑匪知道米斯特雷塔有能力拿出这笔钱。"

"不是吗？"

"不是。"

"你是怎么知道的？"

"法齐奥和我说有两通奇怪的来电。"

"他和你说了，那他为什么不告诉我？"

"他可能一时忘了。"蒙塔巴诺撒谎道。

"具体说，我要做什么？"

"你和法官说第二条电话录音了吗？"

"还没有，我现在就说。"他边说边拿起话筒。

"等等，你应该给他提建议说，因为现在绑匪提出了具体要求，所以他应该对米斯特雷塔夫妇的财产发布限制令，然后通知媒体。"

"我们这么做有什么用吗？大家都知道米斯特雷塔身无分文，这只是走个过场而已。"

"当然，在你、我、法官和米斯特雷塔之间，这只是个形式。但我想说的是，这个做法应该告诉大众，就像某人说的，公众舆论可能微不足道，但也可能有大用。这样一来，公众就会开始好奇：米斯特雷塔是不是真的知道怎么筹集这笔巨款，如果是这样的话，他们就会问为什么绑匪不自己去弄到这笔钱。有可能绑匪他们自己需要告诉米斯特雷塔要做什么，最终答案会公之于众，因为，我的朋友，在我看来这不是一起简单的绑架案件。"

"那是什么？"

"我也不知道，我感觉这像一场桌球游戏，一个人在前面开球，然后球在另一边停了。你明白我在说什么吗？"

"当米斯特雷塔情况好点后，我会对他施加点压力。"

"去吧，但要记住一件事，从现在开始的五分钟后，即使我们从米斯特雷塔嘴里知道了真相，法官也仍需要采取我们刚才说的措施。如果你允许的话，当医生从楼上下来后，我打算和他谈谈。之前当法齐奥给他打电话的时候，我和他在一起，他告诉了我一些有意思的事情，所以我想继续我们之间的谈话。"

这时卡洛·米斯特雷塔进了房间。他说道："他们真的要六十亿里拉的赎金吗？"

"是的。"米努托洛说道。

"我可怜的侄女！"医生叹气道。

"来吧，我们一起去外面透透气！"蒙塔巴诺邀请道。

医生跟着他虚脱地坐到长椅上，蒙塔巴诺看到法齐奥匆匆进入客厅的身影。当他正要开口的时候，医生打断了他。

"我哥哥刚才向我描述的来电和我在家告诉你的事情有直接的联系。"

"我也这样觉得。"警长说道，"如果你觉得二者有关系的话，你要告诉我。"

"我们那时候说到哪儿了？"

"你哥哥和他妻子搬去了乌拉圭。"

"哦，对。他们到那里没一年的时候，朱莉娅给安东尼奥写了一封长信，请他来乌拉圭和他们一起生活。工作前景很棒，国家发展也很迅速，塞尔瓦托赢得了很多重要人物的赏识，这些都可以帮助到他……我忘了告诉你，安东尼奥拿到了土木工程的学位，所以你知道的，这个专业是管桥梁、高架桥、公路……好吧，他接受了。刚开始，我嫂子倾尽全力帮助他，他在乌拉圭待了五年。你想啊，他们在蒙德维的亚的一栋楼里买了两套公寓，所以他们之间很亲密。另外，塞尔瓦托时不时地还要出差几个月，这样一来他就很放心自己年轻的妻子不会独自一人在家。长话短说，在这五年里，安东尼奥赚了一大笔钱，我哥哥告诉我，安东尼奥不仅仅是名工程师，而且很会利用当地众多的免税区……算是合法避税吧。"

"那他为什么离开？"

"他说他太想念西西里岛了，受不了背井离乡的痛苦。并且他现有的钱足以支持他在家乡开创自己的事业。我哥哥后来怀疑——当时没有怀疑——他回家还有一个更重要的原因。"

"是什么？"

"可能他做错了什么事，怕丢了性命。在他离开的前两个月，他的情绪诡谲难测，但朱莉娅和塞尔瓦托都把这归因于他马上要离开了，所以心情不好。他们就像一家人似的，特别是朱莉娅，她在弟弟走的时候特别难过。实际上塞尔瓦托接到了去巴西工作的邀请，所以她要去一个全新的环境重新生活，这也加剧了她的痛苦。"

"他们就再也没见过对方，直到……"

"你在开玩笑吗？他们不仅经常给对方打电话和写信，而且朱莉娅和塞尔瓦托每两年都要至少去一趟意大利与安东尼奥共度假期。当苏珊娜出生……"一提到女孩的名字，医生的声音有点呜咽，"……他们本来已经放弃要孩子了，这时苏珊娜出生了，因为安东尼奥太忙了，所以他们把孩子带回意大利，好让他给孩子做洗礼。八年前，我哥哥和朱莉娅最终搬了回来，他们已经环游了整个南美，身心疲惫，而且想让苏珊娜在意大利长大。最重要的是，塞尔瓦托已经赚了一大笔钱。"

"你说他曾是个有钱人？"

"坦白地讲，是的。我帮他管理资产，把他的钱投资了股票、土地和房地产……当他们回来的时候，安东尼奥就告诉他们自己已经订婚，并且会很快结婚。朱莉娅非常吃惊，为什么她的弟弟从来没说过他有一位谈婚论嫁的女朋友？当安东尼奥向她介绍瓦莱里娅的时候，她得到了答案，瓦莱里娅长得很漂亮，二十岁左右，而安东尼奥快五十岁了，他被瓦莱里娅迷得神魂颠倒。"

"他们结婚了？"蒙塔巴诺带着无意识的恶意问道。

"是的，但是安东尼奥很快就发现，如果想要留住瓦莱里娅，就必须满足她的要求。"

"他把自己毁掉了吗？"

"没有，没有发生这样的事，可是却发生了反腐败运动。"

"稍等！"蒙塔巴诺打断道，"反腐败运动发生在十年前的米兰，那时你哥哥和他妻子还在国外，并且安东尼奥那时还没结婚。"

"你说的没错。但你知道意大利的情况，不是吗？每件事都是从北方兴起，法西斯主义、自由主义、工业化都是过了很长时间才传到这里，就像慢慢推移的海浪一样。不管怎么说，最终有一些地方法官的意识开始觉醒，并且安东尼奥从不少政府合同中揩了油，不要问我怎么回事，因为我不知道也不想知道，但却不难猜个大概。"

"他被调查了吗？"

"他刚开始是自己采取行动。他是一个非常聪明的人，为了避免让自己锒铛入狱，他销毁了一些文件。在六年前的一个晚上，他哭着向姐姐忏悔了自己的罪行，并且说这次反腐会让他损失二十亿里拉，而这笔钱他需要花一个月的时间才能筹集到，因为他现在手头没有这么多现金，而且也不想从银行贷款。之前他的所作所为可以说是大错特错。他说整件事情几乎能让他哭笑不得，因为和他经手的巨额钱数相比，二十亿里拉几乎不算什么。然而，时至今日，二十亿里拉却是救命的稻草，当然这是借钱。他承诺会在三个月内全额偿还，补偿哥哥一家抛售股票的所有损失。朱莉娅和我哥哥讨论了一个晚上，因为塞尔瓦托会倾尽一切消除妻子的困扰，所以第二天一早他们打电话告诉了我安东尼奥的请求。"

"你说了什么？"

"我必须承认，一开始我完全不同意，然后我有了一个想法。"

"什么？"

"我说他的请求在我看来很愚蠢，很不可思议。他只要让瓦莱里娅卖掉她的法拉利汽车、轮船和一些首饰就能轻松得到二十亿。如果他实在凑不齐，朱莉娅和塞尔瓦托可以补齐余下的钱数，但只是差额。总之，我想尽量减少损失。"

"你成功了吗？"

"没有，就在当天，朱莉娅和塞尔瓦托跟安东尼奥说了我的建议，但安东尼奥马上就哭了，那时他的眼泪很廉价，随时都能哭出来。他说如果他这么做了，他不仅会失去瓦莱里娅，而且如果消息传出去的话，他也会在圈里失去地位，人们会认为他已经濒临破产。所以我哥哥决定卖掉自己的全部东西。"

"好奇地问一句，他们卖了多少钱？"

"十七亿五千里拉。那个月结束的时候，他们一无所有，只能靠塞尔瓦托的退休金维持生活。"

"不好意思，我很好奇另外一件事，你知道当安东尼奥收到这笔少于他要求的钱款时，他的反应是什么吗？"

"但拿到了他想要的二十亿。"

"谁补齐了差额？"

"我真的要说吗？"

"是的。"

"我补齐了。"医生厌恶地说道。

"然后发生了什么？"

"三个月后，朱莉娅问她弟弟能不能把借的钱还上，至少先还一部分。安东尼奥说能不能再缓一周。不怕告诉你，他们没有任何的纸质凭证：没有合同，没有本票，什么都没有。唯一的证据是我哥哥坚持给我的两亿五千万里拉的收据。四天过后，安东尼奥被检方以一系列罪名起诉，包括涉嫌腐败、资产负债表造假，等等。五个月后，朱莉娅想送苏珊娜去佛罗伦萨的唯一一家寄宿学校上学，所以再一次向安东尼奥要求还一部分钱，却没想到安东尼奥不客气地说现在不是还钱的时候，所以苏珊娜只好在本地学习。总之，还钱从来都不是时候。"

"你是说那二十亿里拉的欠款他再也没有还？"

"完全正确，安东尼奥在审判中逃过一劫，一大部分原因是他成功地销毁了有罪文件，但他的一处资产却神秘地宣告破产。然后他的其他资产也像多米诺效应般宣告破产。每个人——债权人、供应商、雇员都被他骗了，而且他的妻子也因为赌博被逮捕，损失了一大笔钱。三年前，朱莉娅和安东尼奥大吵了一架，之后两人就再也不来往了。这时候朱莉娅开始生病，她不想活了。我想你能理解，这不只是钱的问题。"

"现在安东尼奥的事业怎么样了？"

"非常好，两年前他得到了新的资金。就我个人来说，我认为他的破产都是事先安排的，实际上，他把自己的资产非法转到了国外账户上。新法律施行后，曾经的不合法变成了合法，他又把钱转了回来，像其他骗子一样补缴了所得税，把事业打理得井井有条。现在，因为之前的破产，他所有的产业都在他妻子的名下。而对我们，我还是之前的话：一分都没有。"

"安东尼奥姓什么？"

"佩鲁佐，安东尼奥·佩鲁佐。"

蒙塔巴诺知道这个名字，法齐奥之前说的那通电话就来自于佩鲁佐的前政府雇员，他想提醒苏珊娜的父亲太骄傲是件坏事，这样一来一切都说得通了。

"你要知道，朱莉娅的病情让现状复杂了。"医生说道。

"在哪方面？"

"母亲一直都是母亲。"

"但是父亲有时才是父亲吗？"警长直率地反驳道，对这种陈词滥调有点生气。

"你认为你哥哥不会？"

"塞尔瓦托非常骄傲。"

"那位前佩鲁佐雇员也这么说过。"

"所以你认为他永远不会放弃？"

"天哪，不能说绝不会放弃，如果面对足够的压力，他可能……"

"像是收到他女儿一只耳朵这样的事？"

他是故意这么说的。医生讲故事的方式让警长的神经紧张，好像自己与这件事毫无关系一样，虽然他本人往里面投了两亿五千万里拉。他只有在提起苏珊娜名字的时候情绪低落，然而这一次，医生吃了一惊，这让蒙塔巴诺感觉到他们确实是坐在长椅上，因为椅子颤了一下。

"他们会做得这么过分吗？"

"如果他们想，他们还会做得更过分。"

他成功地激怒了医生，借着客厅玻璃门映出的惨白灯光，他看到医生从口袋里拿出手帕，用手帕擦了擦额头。他现在要做的就是撬开卡洛·米斯特雷塔的保护壳。

"我和您直说吧，医生，现在的情况是，我们完全不知道绑匪是谁，也不知道他们把苏珊娜关在哪里。尽管我们发现了您侄女的头盔和背包，但我们一点儿头绪都没有，你知道我们找到了这两件东西吗？"

"不，我第一次听说这事。"

然后两人陷入了深深的沉默中，因为蒙塔巴诺等着医生问问题，一个任何人都会问的问题。然而，医生却什么都没说，所以警长决定继续往下说。

"如果你哥哥再不采取行动的话，绑匪可能会把它当作不合作的信号。"

"我们要做什么？"

"试着说服你哥哥，让他主动去找安东尼奥。"

"这很难。"

"告诉他，如果他不去，你就会亲自去找安东尼奥，难道这对你不也很难吗？"

"是的，这对我来说也很困难，但肯定不像塞尔瓦托那么难。"

他僵硬地站起身。

"我们要进屋吗？"

"我想要再呼吸点新鲜空气。"

"好的，那我先进去了，我想看看朱莉娅情况怎么样了，如果塞尔瓦托醒着，虽然我怀疑他是不是清醒，我会告诉他你告诉我的事情；如果他没醒，我会明天早上告诉他。晚安。"

蒙塔巴诺还没抽完一根烟就看到医生从客厅里走了出来，开着他的 SUV 走了。

很明显，塞尔瓦托还没醒，医生没能告诉他。

警长站起身进了房子。法齐奥在读报纸，米努托洛在埋头看小说，而穿着警服的警察在看一本旅游杂志。

"很抱歉，打扰你们这群安静的读书小组。"然后蒙塔巴诺转向米努托洛说道，"我需要和你谈谈。"

他们走到房间的一角，警长向米努托洛讲述了他从医生那里得知的一切。

※

当警长开车回家时，他看了眼表。天哪，都这么晚了！利维娅肯定已经睡着了。不过那也好，因为如果她还没睡，就像死亡终会降临一样，两人一定会爆发争吵。他悄悄打开门，屋子里一片黑暗，但走廊的灯却开着。利维娅穿着厚厚的毛衣坐在沙发上，她的面前放着半杯葡萄酒。

蒙塔巴诺弯下腰亲了亲她。

"原谅我。"

她也回吻了警长。

警长简直听到了自己心中响起的幸福歌声，今晚肯定不会爆发争吵了，但是利维娅看起来有些忧郁。

"你在家一直等着我吗？"

"没有，贝巴打电话告诉我米米住院了，所以我去看了看他。"

10

警长突然很嫉妒，有些荒谬，但他无法克制。利维娅因为米米住院而伤心？

"他情况怎么样了？"

"断了两根肋骨，医院让他明天出院，他只能在家自己照顾自己。"

"你吃饭了吗？"

"吃了，我没继续等你就自己吃了。"利维娅说道，并从沙发上站了起来。

"你去哪里？"

"我去给你热些饭。"

"不用了，没关系，我自己从冰箱里拿些东西吃就行。"

他一手拿着一个盘子，上面放了黑橄榄、青橄榄和羊奶干酪；另一只手端着一杯葡萄酒，胳膊下夹着块面包。他坐在沙发上，利维娅凝视着大海。

"我没法不去想那个被绑架的女孩。"她没有回头地说道，"我们第一次谈论时你告诉我的那些事情。"

蒙塔巴诺有点安心了，利维娅的忧伤不是针对米米，而是针对苏珊娜。

"我说了什么？"

"她被绑架的那天，她去了男朋友家做爱。"

"所以呢？"

"但你和我说，一般都是男孩提出这种要求的，但是那天却是苏珊娜主动提出。"

"在你看来，这意味着什么？"

"可能她预感到之后会发生什么。"

蒙塔巴诺无言以对，他不相信预感、预知和超自然的事情。

沉默了一会儿后，利维娅问道：

"你有什么收获吗？"

"就在两个小时以前，我既没有头绪也没有方向。"

"那你现在都有了？"

"这正是我希望的。"

他开始向她说他了解到的东西，当他说完后，利维娅看起来很困惑。

"我完全不知道你从米斯特雷塔医生告诉你的故事中知道了什么。"

"没有定论，利维娅。但它却提供了很多思考问题的出发点，很多我之前不知道的调查信息。"

"比如说？"

"比如，我认为绑匪想要绑架的不是塞尔瓦托·米斯特雷塔的女儿，而是安东尼奥·佩鲁佐的外甥女。安东尼奥是位大富豪，绑匪也没说绑架苏珊娜仅仅是为了赎金，这也有报仇的动机存在。当佩鲁佐宣告破产时，他肯定毁掉了很多人的生活，而绑匪的策略就是慢慢地把安东尼奥·佩鲁佐拉进来。这样一来就没人会意识到，其实从一开始绑匪的目标就是安东尼奥。策划这次绑架案的人知道安东尼奥和他姐姐之间的关系，他们知道安东尼奥有愧于米斯特雷塔一家，并且作为苏珊娜的教父，他有义务……"

他的声音慢慢减弱，想咬掉自己的舌头。利维娅平静地瞥了他一眼，她看起来就像天使一样。

"怎么不继续了？难道你突然记起来，你自己想成为一名罪犯的儿子的教父，并且可能马上肩负沉甸甸的责任吗？"

"能请你不要再提这个话题了吗？"

"不，我想我们应该探讨一下。"

他们激烈地探讨了这个问题，随后争执归于平静，最后两人回房间睡觉了。

在 3 点 27 分 40 秒时，警长又自动惊醒，但这一次枪声距离很远，并没有让他完全清醒。

※

就好像警长在和乌鸦讲话一样。（实际上，维加塔及其郊区的人们都相信乌鸦这种黑色的、饶舌的鸟儿会把最新的消息跟人讲，因为它们眼神特别好，一切都能看到。）在第二天上午十点钟，当蒙塔巴诺到办公室的时候，发生了爆炸性的事件。米努托洛打来了电话。

"你知道维加塔卫视出了什么事吗？"

"不知道，怎么了？"

"他们中断了所有的节目，只发布了一条消息，称在十分钟后会发布一条特别的新闻。"

"我觉得他们有这方面的爱好。"

他挂断电话，打给了尼科洛·齐托。

"维加塔卫视的特别新闻是什么鬼？"

"我什么都不知道。"

"绑匪又联系你了吗？"

"没有，自从上次我们没满足他们的要求后……"

警长去了警局旁边的咖啡厅，电视调到了即将播放特别报道的台。大约三十人围在那里等着，很显然，消息传得很迅速。随后维加塔卫视台标出现了，下面写着"特别报道"几个字。画面消失后，红脸庞的皮波·拉贡涅丝出现在电视屏幕里。

"亲爱的观众朋友，大约一小时前，我们的编辑室在早班邮件中收到了一封看似平常的信封，它贴着维加塔的邮票，封面上并没有写寄信人的地址，收件人信息也是用的印刷体。信封里放着被绑女孩苏珊娜·米斯特雷塔的拍立得快照。我们不能公布照片，是因为我们在第一时间就把信交给了当地鉴定处，让他组织人员进行调查，这是我们的法律义务。另一方面，我认为记者的义务就是告知大家案件的发展情况。苏珊娜出现在某处枯井的底端，脚踝绑着粗重的锁链，没有被蒙着眼睛和堵着嘴巴，她坐在一堆破布上，双手环抱膝盖，眼中含着眼泪。照片的背面也用印刷体写着神秘的文字：写给相关人士（To the person concerned）。"他停了一下，然后摄像机给了他个近距离特写。蒙塔巴诺模糊地感觉，拉贡涅丝好像随时都会吐一个熟鸡蛋出来。他接着说道："当我们第一次知道女孩被绑的消息后，我们敬业的编导人员就马上采取了行动，我们扪心自问：绑架一名家庭无法交出赎金的女孩，绑匪的目的是什么？因此我们马上展开调查，结果证明，我们的调查方向完全无误。"

"你的做法糟糕透顶，混蛋！"蒙塔巴诺自言自语道，"你肯定会马上指向移民！"

"今天我们要提出一个人的名字，"拉贡涅丝继续说道，他的嗓音像恐怖电影里的人物一样，"这个人能够支付赎金，他不是女孩的父亲，而是她的教父。在我个人看来，照片背面的文字是写给他的，出于我们长期对隐私权的尊重，在这里我们就不点名了，但我们恳求他尽快插手这件事，这是他能够而且必须做的。"

拉贡涅丝消失在电视里，咖啡馆陷入了沉默。蒙塔巴诺回到了警局，绑匪已经得到了他们想要的。他正要坐下，米努托洛打来了电话。

"蒙塔巴诺吗？鉴定处刚刚给我送来那个混蛋说的那张照片，你想过来看看吗？"

※

米努托洛自己一个人待在受害人家的客厅里。

"法齐奥呢？"

"他回镇上了，他必须回去签一些银行账单。"米努托洛一边说，一边把照片递给了警长。

"信封在哪里？"

"在鉴定处那里。"

照片和拉贡涅丝描述的有些出入。首先，很明显能看出苏珊娜不是在井里，而是在某个十英尺深的水泥桶或水箱里，看着还挺新的，因为桶的左侧从顶部起就有一道长长的裂痕，一直延伸到底端，越往下空隙越大。

苏珊娜的位置和拉贡涅丝说的一样，但她却没有在哭。相反，蒙塔巴诺发现她的表情比另一张他们见过的照片上的更坚定。她没坐在一堆破布上，而是坐在一张破床垫上，并且她的脚踝处没有绑着锁链。拉贡涅丝肯定是为了渲染悲剧色彩才瞎编的。不管怎么说，女孩自己根本跑不出来。在她旁边，也就是照片边上放着一个盘子和一个塑料杯。她穿着失踪当天穿的衣服。

"她爸爸看这张照片了吗？"

"你在开玩笑吗？我不仅没让他看照片，连电视都没敢让他看，我让护工看着他不让他离开房间。"

"那你告诉苏珊娜的叔叔了吗？"

"告诉了，但他说两个小时内赶不过来。"

当警长问问题的时候，他一直在观察这张照片。

"他们可能把苏珊娜绑在了一个废弃的雨水箱里。"米努托洛说道。

"是在郊区吗？"

"是的，以前镇上的人大概还有这种贮水箱，但现在估计没了。不管怎样，她没被堵住嘴巴，如果她呼救是没问题的。如果绑匪把她绑在了住宅小区，人们是能够听见她的声音的。"

"她也没被蒙上眼睛。"

"这说明不了什么，萨尔沃，绑匪见她的时候可以戴面具。"

"他们肯定要用梯子把她放下去，"蒙塔巴诺说道，"当苏珊娜需要上去的时候，他们会放下梯子。他们可能是用篮子给她送吃的。"

"如果大家意见一致的话，"蒙塔巴诺说道，"我会向局长申请加强对郊区的搜索力度，特别是农场周边，至少这张照片很好地说明了一件事：现在我们知道她没被放在洞穴里。"

蒙塔巴诺正要还照片的时候，他突然改变了主意，重新开始仔细研究照片。

"有什么不对吗？"

"灯光。"蒙塔巴诺说道。

"他们很有可能在下面放了盏灯。"

"是的，但不是一般的灯。"

"你不会要告诉我他们用了探照灯吧？"

"不是。他们使用了某种机械用灯……你知道的，当他们需要去车库看车时……那种灯有着长长的绳子……你看见这些相互交错、线条整齐的影子了吧？他们是保护灯泡的网筛的投影。"

"所以呢？"

"但是，在我看来，这还不足以说明。肯定还有其他的光源，因为你看到光线对面的投影了吗？照相者不是站在边缘，而是站在侧面，并且身体前倾拍池底的苏珊娜，这就说明水池壁很厚，而且略微高出地面。照片上有这种影子，肯定是拍照的时候绑匪身后有些光线，但是注意，如果是强光的话，影子会更暗、更清晰。"

"我不明白你知道了什么。"

"在拍照者的身后肯定有一扇窗户开着。"

"所以呢？"

"所以绑匪在窗户打开的地方给女孩拍照，还没有堵住她的嘴巴，你觉得合理吗？"

"但这几乎证实了我的猜想！他们把她关在了一处荒废的郊外农场，并且她可以随意尖叫，因为即使所有的窗户都开着也没人能听见。"

"但是——"蒙塔巴诺说着，扫了一眼照片。"在我看来，用圆珠笔写印刷字体的人肯定很习惯写意大利语，虽然笔迹明显有些奇怪和不自然。"

"我也注意到了这点。"米努托洛说道，"他没有伪造笔迹，看起来很像是一个左撇子用右手写的信。"

"在我看来是写字慢的效果。"

"此话何解？"

"我也说不明白，好像是一个字迹不好看、难以辨认的人强迫自己写清楚每个字母，所以不得不减慢写字速度。还有一件事。单词 the 开头的字母 T 好像被改写过。我们能清楚地看出原本的字母写的应该是 W，写信的人可能原本打算写 'To whom it may concern'，然后改成了 'To the person concerned'，这样表达更精确一些。绑架苏珊娜或精心策划这起绑架案的人绝不仅仅是土匪，而是懂得措辞重要性的人。"

"你真是好样的！"米努托洛说道，"但在目前情况下，按照你的推论，我们要去哪儿？"

"照现在的情况来看，哪儿都不去。"

"那我们要不要想想我们需要做什么？在我看来，第一件事就是和安东尼奥·佩鲁佐取得联系，你同意吗？"

"当然，你有他电话吗？"

"是的，在我等你的时候，我做了一点儿调查。佩鲁佐目前手下有三四家公司，它们都附属于'意大利进步党'，总部设在维加塔。"

蒙塔巴诺冷笑一声。

"怎么了？"

"还能有什么？真是赶潮流，意大利的进步掌握在一个骗子手里！"

"你错了，从法律上讲，他所有的产业都在他妻子瓦莱里娅·库苏玛诺的名下，但这位女士从没涉足过政坛。"

"好的，给他打电话吧。"

"不，你给他打，和他约个时间谈一下，这是他的电话号码。"

米努托洛递过来的纸条上写着他的四个电话号码，警长打给了他公司的高管办公室。

"你好？我是蒙塔巴诺警长，我要和安东尼奥·佩鲁佐通话。"

"佩鲁佐先生不在。"

蒙塔巴诺开始烦躁，说道："没在办公室？没在镇里？没有脑子？没有……"

"不在镇里。"秘书不友好地打断他的话，听起来有些生气。

"他什么时候回来？"

"我不知道。"

"他去哪儿了？"

"巴勒莫。"

"你知道他在哪儿吗？"

"在埃克塞尔西奥。"

"他带着手机吗？"

"带着。"

"请把电话号码给我。"

"我确实不太知道，如果……"

"好吧，你知道我要干什么？"蒙塔巴诺用随时要找机会从背后捅刀子似的阴险嗓音说道，"我会亲自去找他。"

"千万不要！好吧，这是他的电话。"

他记下电话号码，然后打给了酒店。

"不好意思，佩鲁佐先生不在房间。"

"你知道他什么时候回来吗？"

"实际上，他昨晚就没回来。"

"他的手机关机。"

"那么我们现在要做什么？"米努托洛问道。

"什么都不做。"蒙塔巴诺说道，精神仍然很紧张。

这时，法齐奥进了办公室。

"现在整个镇都炸开锅了！每个人都在谈女孩的舅舅佩鲁佐工程师，即使维加塔卫视并没有在电视里提他的名字，但大家都知道是在说他。现在大家分成了两派，一派人说佩鲁佐应该付赎金，另一派人则认为他没有义务给外甥女付赎金，但大部分人都认为他应该支付赎金，他们在咖啡馆里都快打起来了。"

"现在他们成功地向佩鲁佐施压了。"蒙塔巴诺说道。

"我现在去给电话上安窃听器。"米努托洛说道。

※

没过多久，案件就已经开始牵扯到安东尼奥·佩鲁佐。大洪水已经来了，但他可没有时间造方舟。

※

小镇资格最老、最睿智的斯坦吉尔神父对所有去教堂询问意见的信徒说，毫无疑问，苏珊娜的舅舅不管是普通人还是圣人，他都必须支付赎金，因为他在这个女孩洗礼的时候成了她的教父。此外，他支付给绑匪的赎金相当于偿还了用欺骗手段从女孩父母那里获得的钱。而且神父向所有人都详细解释了二十亿里拉的欠款事件。总之，他成功地在绑架案上添了一把火。这对蒙塔巴诺来说可不是件好事，因为利维娅去教堂的朋友会把斯坦吉尔神父讲的全告诉她。

※

在自由频道的新闻中，尼科洛·齐托报道称，面对此次的特殊义务，安东尼奥·佩鲁佐突然间失去了踪迹。再一次，这位工程师的形象变得一如既往的糟糕。无论如何，从生死角度来讲，他不仅不能逃避责任，反而应该承担更重的责任。

※

在维加塔卫视中，皮波·拉贡涅丝声称，佩鲁佐当年受到共产主义法律的迫害，多亏了新政府鼓励私人企业发展，他才得以东山再起，因此他有道德义务去向银行和公立机构证明自己能被充分信任，特别是现在谣言四起的时刻。而且，大家都知道他目前正在竞选意大利新政府的职位。他的任何举动都能被解读成对抗公众舆论，这会对他的政治抱负造成致命的打击。

※

在当地一家棋牌室里，前蒙特鲁萨法庭审判长蒂托曼利奥·吉亚里佐阁下坚定地对同伴说，如果绑匪出现在他的面前，他会用最严厉的刑法处罚他们，但也会大力赞扬他们，因为他们揭露了声名狼藉的安东尼奥·佩鲁佐的真实面孔。

※

著名的占卜师孔切塔夫人对所有问佩鲁佐会不会支付赎金的回答是："伤害自己血脉的人必将被猪活活吃掉，然后死去。"

※

"你好？意大利进步党吗？我是蒙塔巴诺警长，你有佩鲁佐工程师的消息吗？"

"没有，没有消息。"

接线员还是之前的那个女孩，不同的是她的嗓音尖锐，几乎有些歇斯底里。

"我一会儿会再打来电话。"

"不，求求你了，打电话一点儿用都没有，尼科托先生要求十分钟后停接电话。"

"为什么？"

"来电太多了……都是侮辱……下流的电话。"

女孩都快哭了。

11

　　下午五点左右，加洛向蒙塔巴诺报告称，这条恶意谣言已经传遍了整个小镇，如果他们再不采取什么措施的话，每个人都会攻击安东尼奥·佩鲁佐。谣言称这位工程师为了逃避支付赎金，已经要求法官冻结自己的资产并被拒绝。这件事似乎一点儿都说不通，但警长还是决定验证一下。

　　"米努托洛？我是蒙塔巴诺，不管怎样，你知道法官打算怎么处理佩鲁佐吗？"

　　"他刚刚和我打过电话，特别生气，有人已经把谣言告诉他了。"

　　"我已经听说了。"

　　"好吧，他告诉我，他和佩鲁佐没有一点儿关系，不管是直接的还是间接的都没有。至少现在他没有授权冻结和米斯特雷塔有关系的任何人的资产，任何人包括他的朋友、熟人、邻居……"他的话语就像河水淹没堤坝一样。

　　"听着，你现在拿着苏珊娜的照片吗？"

　　"对。"

　　"你能把它借给我吗？我明天再还你，我想仔细研究一下。

我会让加洛去拿。"

"仍然念念不忘光线的问题？"

"是的。"

那是骗人的，重点不是光线而是影子。

"好吧，蒙塔巴诺，但我想说不要弄丢它，另外谁去处理法官的事情啊？"

※

"这是照片。"半个小时后加洛说道，递给了他一个信封。

"谢谢！把坎塔雷拉叫进来。"

坎塔雷拉飞速跑了过来，喘着粗气，就像听到主人口哨声的小狗一样。

"听您的命令，警长！"

"听着，坎塔，你那位可靠的朋友……就是那位精通摄影，还会放大图片的朋友……他叫什么？"

"他叫奇科，德·奇科，警长。"

"他还在蒙特鲁萨电话总机吗？"

"是的，警长，他还在那里工作。"

"很好，代我去趟总机那里，把这张照片带给他，现在我来给你详细解释一下我想让他做什么。"

※

"有个男孩想见您，他叫弗朗西斯科·利帕里。"

"让他进来吧。"

弗朗西斯科变瘦了，眼下的黑眼圈几乎占了他半个脸，现在他看起来像连环漫画里的面具人。

"你看到照片了吗？"他连招呼都没打就直接问。

"看到了。"

"她怎么样？"

"首先，她的脚踝没像拉贡涅丝那个混蛋说的那样被铁链拴着。她也不是在井里，而是在大约十英尺深的空贮水池里。考虑到现场环境，她看起来挺好的。"

"我能看看照片吗？"

"如果你早来一会儿的话……我刚把照片拿去蒙特鲁萨做分析了。"

"哪种分析？"

他不能把脑海中想到的所有事都告诉弗朗西斯科。

"不是苏珊娜本人，而是绑匪关押苏珊娜的地方。"

"你能告诉我……他们伤害她了吗？"

"我不这么认为。"

"你能看到她的脸吗？"

"当然。"

"她的眼睛看起来怎么样？"

这个男孩肯定能成为一个优秀的警察。

"她看起来一点儿都不害怕，这是我首先意识到的。实际上，她的表情看上去非常……"

"坚定？"弗朗西斯科·利帕里问道。

"确实如此。"

"我了解她，这就说明她还没放弃，并且会随时找机会逃跑。绑匪必须把她看得非常紧。"他停了一下问道，"你觉得佩鲁佐会付赎金吗？"

"按照案件现在的走向，他没有其他选择，只能付赎金。"

"你知道吗？苏珊娜从来没和我说过她妈妈和舅舅之间的纠葛。我听到这个消息的时候感觉很不好。"

"为什么？"

"因为我觉得她一点儿都不信任我。"

※

当弗朗西斯科离开警局的时候，他感觉比来的时候轻松了一些。蒙塔巴诺坐在办公室里思考男孩和他说的话。毫无疑问，苏珊娜很勇敢，她照片上的表情也证实了她是个坚毅的女孩子。但为什么第一个电话里她求救的声音那么绝望？难道她的声音和形象是矛盾的吗？很明显，是矛盾的。也许是因为电话录音是在刚被绑的几个小时内录的，那时苏珊娜还被别人控制着，承受着巨大的恐慌。一个人不可能在一天二十四小时的每时每刻都勇敢。这是唯一说得通的解释。

※

"警长，奇科·德·奇科说他会立刻开始处理照片，结果可能会在明早九点左右出来。"

"我想让你亲自去取一下。"

突然，坎塔雷拉露出诡异的表情，身体前倾并低声说：

"只有我们两个人知道这件事吗，警长？"

蒙塔巴诺点了点头，坎塔雷拉离开办公室的时候肢体僵硬，手指手臂大开。他跟上司有小秘密了。他感到骄傲极了，从一只忠诚的狗变成了昂首阔步的孔雀。

※

警长开车回家的时候陷入了沉思，但现在划过脑海的无意义话语和对模糊图像的困惑能称之为思考吗？他似乎想错了，就像电视图像变成了混乱的条纹打断了你想看的节目，并且同时让你对同一个时段的另一个节目失去了兴趣，这样一来你就必须去修理电视机，寻找不能看的原因，然后修理。

突然，蒙塔巴诺不知道自己走到哪儿了，他认不出往常去往马里内拉的路了。这边的房子、商店和人都很陌生。上帝啊！他要怎么走？他刚才肯定拐错弯了。但这怎么可能？他一年间每天至少要走两遍这条路。

他停下了车，四处看了看后明白了。他无意识地走了去米斯特雷塔家的路。就那么几秒钟，他的手脚无意识地走了这条路。这种情况对他来说是可能发生的，他的身体时常会不经过大脑自动做一些事情。此时他不会抗拒，因为总是事出有因。

现在做什么？拐回去还是继续走下去？很自然地，他继续开车走了下去。

当他到米斯特雷塔家客厅的时候，米努托洛正在吩咐七个人做事。他们围在一张大桌旁，这张大桌子被他们从房间角挪到了中间。在桌子上展开的是一张维加塔及其周边的巨大地图，这张军事地图标记了所有东西，包括街灯以及只有狗和羊会去撒尿的暗巷。

　　总指挥米努托洛吩咐下属加强搜索力度，采取更有效的搜索方式。法齐奥还坐在老位置上，这时他与放着电话和其他小物品的桌子后的单人沙发几乎融为了一体。米努托洛看到蒙塔巴诺后很惊讶，法齐奥稍微欠了欠身子。

　　"怎么了？出什么事了吗？"米努托洛问道。

　　"没有，没出什么事。"蒙塔巴诺说道，自己也很诧异。

　　在场的一些人向他打招呼，他也粗粗地一一回应。

　　"米努托洛一开始就分配好了任务。"

　　"我能看出来。"蒙塔巴诺说道。

　　"你想说几句吗？"米努托洛客气地问道。

　　"我想说，不管怎样都不要开枪。"

　　"我能问问原因吗？"

　　问者是一位年轻人，一位新提拔上来的副警长，穿着考究，语速很快，前额还俏皮地耷拉下来一撮头发。他看起来就是一心往上爬的那种家伙。现在这种人太多了，越来越多。蒙塔巴诺第一眼就不喜欢他。

　　"因为如果有人像你一样射杀了绑架女孩的可怜人，调查会继续下去，但所有的努力都会白费，因为唯一知道囚禁女孩地点的人被杀了。可能女孩能在一个月之后被发现，手脚都被绑着，死于饥饿和脱水，这样的结果你满意吗？"

　　气氛突然沉重了起来。该死的，为什么他要回到这里？他这位老警察是不是变得就像一个没有螺纹的螺丝一样处处没用啊？

他需要喝口水，这儿应该有类似厨房的地方，他在走廊的尽头发现了厨房，厨房里有一个护工，大约五十岁，体态健硕，表情和善。

"您是蒙塔巴诺警长吧？您想喝点什么？"她说道，脸上挂着同情的微笑。

"是的，一杯水，谢谢。"

女人从冰箱里拿出矿泉水，给警长倒了一杯。当蒙塔巴诺喝水的时候，她把热水倒进了热水瓶中，然后起身离开。

"稍等一分钟。"警长说道，"米斯特雷塔先生在哪里？"

"他在睡觉，这也是医生要他做的。按照医生的嘱咐，我给了他一些镇静剂和安眠药。"

"那米斯特雷塔夫人呢？她身体好点了吗？有什么事发生吗？"

"对这个可怜的女人来说，唯一的好消息就是死亡。"

"她现在意识清醒吗？"

"有时候清醒，有时候糊涂。但即使有时候她看起来清醒，但在我看来也并不清醒。"

"我能看看她吗？"

"跟我来吧。"

蒙塔巴诺有些不安，但他知道不应该感到不安。他之所以不安，是因为他想要推迟见面，这 令他难以承受的见面。

"如果她问我叫什么怎么办？"

"你在开玩笑吗？那会是个奇迹。"

在走廊中间有一条通往楼上的宽楼梯，上面连着另一条走廊，走廊上有六个房间。

"那是米斯特雷塔先生的卧室，那是洗手间。这是米斯特雷塔夫人的卧室，她一个人睡的话就在这里面，治疗起来方便些。走过这些门就到了女孩的房间，真是可怜的孩子！那是另一个洗手间，那是客房。"护工一一介绍道。

"我能看看苏珊娜的房间吗？"

"当然可以。"

他推开房门，进去后打开灯。房间里放着一张小床、一个大衣柜、两把椅子、放着书的小桌子和一个书柜。所有的东西都摆放得整整齐齐，非常干净，就像酒店房间一样。

没有私人物品，没有海报，也没有照片，就像修女一样。他关灯走了出去。护工轻轻地打开了另一扇门，这时候警长的前额和手掌都开始出汗。不管什么时候，当他面对濒死之人时，巨大的恐慌会向他袭来，他不知道如何是好。他极力控制自己的双腿，不让自己逃跑。死人不会吓到他，只是濒死的感觉会震撼到他的灵魂深处。

他努力控制着自己跨过门槛，他感觉自己来到了地狱。进到门里的一刹那，他闻到了刺鼻的怪味，这味儿和那位失去双腿的男人，也就是卖蛋女丈夫房间里的味儿一样，唯一的不同是，这里的味儿更浓烈一些，就像一部好电影一样沁人肌肤，有种黄褐色和红色线条的感觉，这种情况从来没有发生过。味道诱发的色彩就像在帆布上作画一样，永恒不变。然而，红色的线条汇集成了旋涡，他的衬衫被汗水湿透了。女人躺着的床也被医院的白色病号床代替了，这张床唤起了蒙塔巴诺的记忆，让他回想起康复期间的痛苦。床边上的小桌子上放着氧气瓶、I.V. 架和复杂仪器。一个小推车上（也是白色的，上帝啊！）密密麻麻地堆着不同容量的药水瓶、小瓶子、纱布、量杯和其他容器。他仅仅走了两步就停了下来。床很空，在被子下面几乎看不到人，甚至人仰躺着时能看到的两个脚尖都看不到，靠在枕头上的那个圆圆的棕色物体太小了，几乎不像是人类的头，可能那只是橡胶灌肠器褪了色吧。他又往前走了几步，然后吓得立在原地。在枕头上的确是一颗人头，但却看不出人的模样。女人的头发稀疏，皱纹很深，看起来就像用钻头刻在脸上一样。她的嘴张着，里面黑洞洞的，牙几乎全掉了。警长在一本杂志上看过这样的图片，是一个老猎手正在追逐着猎物。警长站在原地看着眼前的一切，惊得一动不动，不敢相信自己的眼睛。这时她从黑洞洞的喉咙里发出一声嘶哑的声音：

"娜……"

"她在喊女儿。"护工说道。

蒙塔巴诺连连后退，双腿僵直，为了避免自己摔倒，他靠在了一旁的桌子上。

然后，不可思议的事情发生了，噼啪，他脑子里的咔嗒声像手枪射击一样窜了出来。怎么回事？他很确信现在不是早上 3 点 27 分 40 秒。为什么？狂暴邪恶的恐慌向他袭来，绝望的红色变成旋涡把他困住。他的下巴开始颤抖，他的膝盖不再僵硬而是变得疲软。为了不倒下去，他抓住了大理石的桌角，幸运的是护工正忙着照看这位濒死的女人，没注意到他的不对劲。他的一部分大脑并没有被恐惧支配，足以让他正常回答问题。在这间房里，他又有了和子弹穿过身体时同样的感觉，它在试图告诉他：这个房间和他当时的情况一样。它潜伏在角落中，寻找合适的时间以子弹、肿瘤、火烧、溺水的方式出现。只有事故才能证明它的存在，这和他自身无关。而这足以给他些许的支撑。这时他注意到，桌旁放着一张有着银色框架的照片，照片上米斯特雷塔先生一手抱着十岁大的小苏珊娜，旁边站着美丽、健康、满足地笑着的朱莉娅。警长凝视着这张幸福的笑脸，想把它替换成那张埋在枕头里的脸，如果那还能被称作脸的话。

※

他发疯一般跑回马里内拉，停下车走了出来。他没有马上回家，而是跑到了海边的长椅上，脱掉衣服，让冰冷的晚风冷却自己。过了几秒后，他慢慢地走进水中。每走一步就像千把寒刃割在身上一样，但他需要清洗皮肤、身体、骨头，尤其是他的精神。

他开始游泳，但打了几个冷颤之后，污水中一只"匕首"刺向他的伤口，至少在他看来是这样的。事情发生得太突然，尖锐的疼痛感从伤口扩散至了全身，让他的身体承受不住，整个瘫痪了。他的左胳膊僵住了，他只得翻过身来，像死人一样漂浮在水面上。

老实讲，他是不是快死了？不，在这一刻，他有了一个模糊的想法：他不能这样死在水里，这不是他的命运。

最终，他慢慢地又能动了。

※

他游回了岸边，拿起衣服，闻了闻自己的胳膊，好像在寻找从濒死女人身上粘上的可怕恶臭。海水没能成功地洗掉这种气味，他必须要清洗自己身体的每个角落。他喘着气爬上了走廊，敲了敲玻璃门。

"谁？"利维娅从屋内问道。

"开门，我冻坏了。"

利维娅打开门，发现他赤裸地站在那里，冻得浑身青紫，身上还在滴着水。她哭了。

"拜托，利维娅……"

"你疯了，萨尔沃！你想死啊！你也要我去死啊！你做了什么？为什么？为什么？"她绝望地跟着他进了浴室。警长把沐浴露涂满全身，当他浑身都变成正常颜色后，他踏进了淋浴间，打开水管开始用浮石擦身体。利维娅停止了哭泣，目瞪口呆地看着他。他冲了很长时间的水，基本上用光了楼顶蓄水箱里的水。

当他从淋浴间出来的时候，蒙塔巴诺狂热地问道：

"你能闻到我身上的味儿吗？"

当他问这个问题的时候，他嗅了嗅自己的胳膊，看起来就像一只猎犬。

"发生了什么？"利维娅痛苦地问道。

"拜托，只需要你过来闻闻我。"

利维娅照做了，用鼻子闻着萨尔沃的胸膛。

"你闻到了什么？"

“你皮肤的味道。”

“你确定吗？”

最后警长满意了，他穿上了干净的内衣、衬衣和牛仔裤。

他们进了卧室。蒙塔巴诺坐在单人沙发上，利维娅坐在了另一个沙发上。两人沉默了一小段时间，然后利维娅用她还颤抖的声音问道：

“感觉好点了吗？”

“好多了。”

两人又陷入了寂静。然后利维娅问：

“你饿吗？”

“我想我一会儿就该饿了。”

两人又陷入了沉默，然后利维娅试探地问道：

“想告诉我什么吗？”

“这很难。”

“就试试。”

然后他就花了很长时间告诉了她发生的事情，太难找到准确的词语来表达他看到和感受到的东西了。当他说完后，利维娅问了一个问题，只有一个问题，但却正中要害。

“你能和我说说，你为什么去见她吗？那里有什么是你需要的吗？”她问。

需要。这么说对，还是不对？确实没什么需要，但同时他又有需要，这个问题很难说清楚。

“问问我的四肢，它们应该能回答。最好不要问太深。”他脑子里仍然有很多的疑问，他摆了摆手。

"我没法解释，利维娅。"

当他说这几个字的时候，感觉说的话只有一半是正确的。

他们又谈论了一会儿，但是蒙塔巴诺还是没有胃口，他的胃仍然在打结。

"你认为佩鲁佐会支付赎金吗？"利维娅在他们马上要睡觉的时候问道。

这是今天一整天人们都在问的问题，不可回避。

"他会付，他会付。"

*他已经在付了。*警长想再说些什么，但最终什么都没说。

※

在进入她身体的时候，他紧紧地抱着，不断亲吻她，这时利维娅感到他发出了极度需要人安慰的信号。

"你难道感觉不到我在这里吗？"她对他耳语道。

12

当他醒来的时候，天已经大亮了。可能没有出现往常的咔嗒声，抑或出现了，只是声音太小，没让他睁开眼睛。是该起床的时间了，但他选择赖在床上不起来。尽管他和利维娅没说什么，但他浑身的骨头都在疼，很明显是昨晚游泳的后遗症。他肩膀上的伤痕变得又紫又痛，利维娅察觉到了不对劲，但她选择什么都不问。

※

因为家庭杂事，他上班稍微有点迟。

"啊，警长！警长！奇科·德·奇科给的结果已经放到您桌子上了！"坎塔雷拉说道，带着怀疑的表情看着警长走了进来。

实际上，德·奇科做得相当棒，在放大照片中，警长能清晰地看到水池边缘下的混凝土裂痕其实根本不是裂痕，而是钉子上挂着的一根绳子的影子。在绳子的另一头拴着大温度计。由于之前用过，温度计和绳子上面都覆盖着黑色的煤灰。

蒙塔巴诺的脑子一下就清楚了：绑匪把女孩关在了一个长期废弃的酿酒桶里，在更高的地方应该还有一个榨汁机。但为什么他们不把温度计拿走呢？可能他们并没有注意到，酿酒桶里有温度计很正常，不觉得有什么奇怪。如果一个人经常多次看到某个东西，之后他就会自动忽视它。不管怎样，这个发现大大缩小了调查范围。他们不用再搜查边远的农舍了，只要查酒庄就可以了，一个可能有些废弃的酒庄。

他立刻打电话给米努托洛，向他报告了自己的发现。米努托洛认为这是一个重大发现，并且说这会大大缩小搜查目标，他会向正在搜查郊区的警察马上发布新的指令。

然后他问道：

"你怎么看这条新闻？"

"什么新闻？"

"你没有看维加塔卫视今早八点的报道吗？"

"你觉得我早上第一件事会是打开电视吗？"

"绑匪打电话给了维加塔卫视，电视台把所有对话都向公众公布了。仍然是同样的伪装声音，他说他会等相关人士到明天晚上，否则没有人会再见到苏珊娜。"

蒙塔巴诺感觉自己的后背冒出了一股寒意。

"绑匪吸引了诸多媒体关注绑架案，他们还说别的了吗？"

"我已经一字一句地告诉了你整个电话内容了。如果你想听的话，实际上他们寄给了我一个录音，里面的内容要稍微多一些。法官大动肝火，恨不得把佩鲁佐马上关到监狱里去。你知道吗？我担心问题会很严重。"

"我也是。"蒙塔巴诺说道。

所以绑匪不再屈尊给米斯特雷塔家打电话了，他们的目的达到了：那就是在不点名的情况下把安东尼奥·佩鲁佐扯进来。公众舆论会众口一词地抨击他。现在蒙塔巴诺已经确定，如果绑匪杀了苏珊娜，人们不会抨击绑匪而是会抨击苏珊娜的舅舅，因为他拒绝履行自己的责任。杀掉？等一等，绑匪没用这个词。他们的意大利语说得很好，知道该怎么措辞。他们说的是：没有人会再见到苏珊娜。在对一般人说话的时候，"杀死"这样的字眼会给人留下更深刻的印象。所以为什么他们不用这个词？他现在有多么急切，他思考这个措辞上的事实就有多用心。这就像是抓住一片草叶，免得它落下悬崖一样。可能绑匪想要留下谈判的空间，所以用"没有人会再见到"替代了那个字眼。不管怎样，我们都要反应迅速，但是，要怎么做？

※

下午，米米·奥杰洛厌倦了每天在家的无所事事，突然出现在警局里并带来了两条消息。

第一件是，早上晚些时候，瓦莱里娅女士，也就是安东尼奥·佩鲁佐的妻子在去蒙特鲁萨停车场取车时被三个女人认了出来。那三个女人围住了她，推搡着把她打倒在地，还向她吐唾沫，破口大骂，说她应该对自己感到羞耻，并且让她告诉自己的丈夫不要再浪费时间，赶紧把赎金付了。同时，更多的人聚集起来，和那三个女人一起骂她。最后，还是偶然路过的宪兵巡逻队救了瓦莱里娅。在医院，这位工程师的妻子检查出了挫伤、擦伤和割伤。

第二件事是，有两辆佩鲁佐公司的大卡车被人烧了，为了避免有人误解意图，他们在附近的墙上写了"马上支付赎金，人渣！"这几个字。

"如果绑匪杀了苏珊娜，"米米总结道，"佩鲁佐会被人以私刑处死。"

"你认为所有的事都会走向悲剧吗？"蒙塔巴诺问道。

"不！"米米立刻回答道，毫不犹豫。

"但是，说到工程师，他真的一个子儿都不付？绑匪已经给他下了最后通牒。"

"最后通牒是可以取消的，他们会达成协议的，你等等看。"

"贝巴近来怎么样？"警长换了个话题问道。

"她很好，另外，利维娅来看我们了。贝巴还告诉她，我们打算邀请你在洗礼时当我们儿子的教父。"

"拜托，算了吧！"难道全城都开始让他当教父了吗？

"为什么算了？你想要份公证文件还是什么？你想到我们会问你了吗？当然不会。不管怎么说，萨尔沃，我很了解你。如果我没问你，你可能会觉得被冒犯了，很长时间都不会给我好脸色看。"

蒙塔巴诺意识到最好把话题从自己身上转开。显然，对他的个性，不同人有不同的理解方式。

"利维娅怎么说？"

"她说你肯定高兴坏了，特别是出事的时候，但我不明白她什么意思。"

"我也不明白。"蒙塔巴诺撒了个谎。

他当然知道她什么意思：一个罪犯的儿子和一个警察的儿子，两个都认他当教父。用她的话说，两人扯平了。利维娅要是损起来，与蒙塔巴诺相比真是有过之而无不及。

※

现在已经是晚上了，当尼科洛打过来电话的时候，警长正准备离开警局。

"我马上要直播了，来不及多解释。"他匆忙地说道，"看我的新闻。"

警长到了咖啡馆，里面坐着大约三十个人，频道也转到了自由频道，屏幕上打着一行字：米斯特雷塔绑架案重大进展几分钟后播出。警长点了一杯啤酒，电视屏幕上这行字之后出现了台标，尼科洛出现在了屏幕里。他还是坐在以往的玻璃桌后面，脸上挂着播报要闻的严肃表情，说道："今天下午，我们联系了弗朗西斯科·鲁纳，他是安东尼奥·佩鲁佐工程师的辩护律师。他曾不止一次地替工程师辩护。他要求我们给他时间发布公告和接受采访，他还要求我们不能针对他的声明发表评论。尽管受到种种限制，我们还是决定接受，因为这对苏珊娜·米斯特雷塔的命运至关重要，并且鲁纳先生的声明可能会让我们更清晰地理解真相，顺利解决当前这起充满戏剧色彩的案件。"

画面中断了一会儿，之后出现了一个典型的律师办公室，黑色的木质书架上摆满了晦涩的书籍和制定于十九世纪末但沿用至今的各类法典。在意大利，任何一部百年法典的任何一则法条都不会被丢弃。鲁纳先生的形象和他的名字完全相称：月亮[1]。他有

---

1 译者注：鲁纳原文为 luna，意为月亮。

着满月般的脸旁和身材。鉴于此，照明师用蓝色月光照明场景，律师满满当当地坐在单人沙发上，没有一丝空隙。他手上拿着一叠纸，一边看一边念道：

"我代表我的客户安东尼奥·佩鲁佐工程师特此发言。鉴于目前状况，他不得不放弃默默承受，而要站出来阻止针对他的谎言和不公待遇。佩鲁佐先生希望大家充分意识到米斯特雷塔家的困难经济状况，他在苏珊娜·米斯特雷塔被绑架的那天起就在全力解决这起事件，但不幸且莫名其妙的是，佩鲁佐先生的全力配合没有得到绑架者的任何回应。在这种情况下，为了绑匪，也为了自己的良心，佩鲁佐先生只能再次重申自己做过的承诺。"

酒吧里所有人都不禁大笑，笑声淹没了之后的声明。

"如果工程师摸着自己的良心许下了承诺，这个女孩就完了！"其中的一位大喊道，他说出了大家的心声。

如果佩鲁佐自己上电视宣布自己决定支付赎金，所有人还认为他开的是空头支票，这就简直太糟糕了。

警长回到警局，给米努托洛打了电话。

"法官刚给我打电话，说他也看到了律师的声明，他想让我去见见鲁纳，搞清楚一些事情。不妨称之为礼貌的非正式拜访。总之，我们需要小心处理。我已经给鲁纳打过电话了，他知道我是谁，他说现在有时间。对了，他认识你吗？"

"不知道，他知道我是谁吧。"

"你也想一起去吗？"

"当然，把地址发过来。"

※

米努托洛在大门等他，和蒙塔巴诺一样，他也是开着自己的车来的，真是非常明智的做法，因为如果鲁纳的客户发现有辆警车停在律师家门前，他们可能会吓晕过去的。律师的房子装修得豪华大气，他的管家和电视上的形象一样，让他们感觉很舒服。

"鲁纳先生很快会过来，请稍等。"

米努托洛和蒙塔巴诺坐到放在客厅一角的两张单人沙发上，他们几乎整个陷进了宽大舒适的沙发里，简直是为鲁纳先生硕大无比的身躯量身定制的。桌子后的墙上挂满了不同尺寸的照片，至少有五十张，全都精美地裱了起来，看起来好像是在纪念、感谢某位显了神迹的圣人。房间的灯光让他们看不清照片中的人物，可能他们是因雄辩、奸诈、腐败、遵从生存本能入狱，但却被鲁纳先生从国家监狱里捞出来的客户吧。不管怎样，因为房子的主人还没出现，警长忍不住站起身去看这些照片，照片上的人物全是政客，包括：参议员、众议员、各位部长、前任和现任副部长，下面都签着亲爱的或最亲爱的鲁纳先生。蒙塔巴诺坐了回去，现在他知道为什么局长让他们小心行事了。

"我亲爱的朋友们！"律师一进门就说道，"不要起身！要喝些什么吗？我这里什么都有。"

"谢谢，不用了。"米努托洛说道。

"好的，我想喝杯代基里酒[1]。"蒙塔巴诺说道，律师疑惑地

---

1 译者注：一款用白朗姆酒、柠檬汁、糖浆、柠檬调制的鸡尾酒。

看了他一眼。

"我喝什么都行。"警长让步道，做的手势就像掸走一只苍蝇一样。

当律师舒服地坐在沙发上时，米努托洛瞪了蒙塔巴诺一眼，好像在警告他不要再胡闹了。

"所以，是我先说，还是你们想先问问题？"

"您先说吧！"米努托洛说道。

"我能记笔记吗？"蒙塔巴诺问道，把手放在夹克口袋里，但实际上里边什么都没有。

"不！你记什么笔记啊？"鲁纳大喊道。

米努托洛恳求地看着蒙塔巴诺，让他不要再说下去了。

"好吧，好吧！"警长缓和了下来。

"我们说到哪儿了？"律师疑惑地问道。

"我们还没开始呢。"蒙塔巴诺说道。

鲁纳显然意识到了警长的戏谑之意，但假装没感觉到。

蒙塔巴诺知道律师意识到了自己的嘲弄，所以决定不再挑衅了。

"呃，好，大概在绑架案发生的第二天早上十点钟，我的客户接到了一个匿名电话。"

"什么时候？"米努托洛和蒙塔巴诺同时问道。

"绑架案发生后第二天的早上十点左右。"

"你是指，仅仅案发的十四个小时后？"米努托洛问道，还没缓过神来。

"完全正确！"律师继续说道，"一个男人给他打的，因为绑匪知道米斯特雷塔家没有能力支付赎金，他们觉得我的客户是唯一能满足他们条件的人，说下午三点钟会再打过来。我的客户……"（律师每次提到'客户'这个词的表情就跟护士擦去垂死病人前额上的汗时一样）"……马上过来找我。我们马上得出结论，认为我的客户被巧妙地逼入了绝境，绑匪已经占据了上风。如果绑匪想要把他牵扯进来，我们也做不了什么。逃避责任会严重地损害他的名誉，而且现在已经有流言中伤了。这可能会对他的政治抱负造成不可磨灭的打击。不幸的是，这种情况已经发生了。他本来在下届选举中取得席位是十拿九稳的事。"

"现在问什么党派也没有意义了。"蒙塔巴诺看着贝卢斯科尼的照片说道，照片中他穿着慢跑服。

"是的，没什么意义了。"律师又严肃地说道，"我给了他一些建议，绑匪说他们会在下午三点打过来电话，我建议当两人接通后，他要向他们要女孩还活着的证据，而绑匪说会马上在维加塔卫视中播出，实际上也确实是发生了这么一回事。他们要求六十亿里拉的赎金，并且让我的客户买一个新手机，然后立刻动身去巴勒莫，还要求除了手下外不要告诉任何人自己的去向。一个小时后，他们要了安东尼奥新手机的号码，我的客户除了顺从他们别无选择，然后他以最快的速度取了六十亿里拉。在第二天晚上，绑匪再次来电，我的客户告诉绑匪，他已经把钱准备好了。但是自此，莫名其妙地，就像我在电视里说的那样，他再也没有收到任何指示。"

"为什么佩鲁佐不在今晚之前授权你发这个声明呢？"

"因为绑匪威胁他不要采取任何行动，他们不允许他参加访谈或发出声明，只是要求他消失几天。"

"他们取消了威胁吗？"

"没有，我的客户决定自己采取行动，虽然这种行为相当冒险……但他不能再坐视不理了……特别是他妻子遇袭和卡车被烧事件后。"

"你知道佩鲁佐现在在哪里吗？"

"不知道。"

"那你知道他的新手机号码吗？"

"不知道。"

"那你们是怎么联系的？"

"他用公共电话给我打的电话。"

"他有邮箱吗？"

"有，但他把电脑放家里了。这是绑匪要求他这么做的。"

"总之，你是想说，此刻佩鲁佐已经有了赎金，所以冻结他所有的资产已经毫无意义了，对吗？"

"对，就是这样。"

"当他知道交赎金的时间和地点后，你认为他会打电话告诉你吗？为什么会这么想？如果你知道他有行动的话，你会马上合法地通知我们吗？"

"我当然会这么做，而且已经做好被询问的准备了。只不过，我的客户不会再打给我了，至少在尘埃落定之前。"

米努托洛问完了所有想知道的问题，轮到蒙塔巴诺了。

"多少？"

"我不明白。"律师说道。

"他们想要多大面额的？"

"哦，500 欧元。"

"奇怪，面额有些大，随身携带比较容易，要想花出去可就难了。"

"你知不知道，你的客户有没有……（律师又露出了和护士一样的表情）……写下来序列号什么的？"

"我不知道。"

律师看了看他金色的劳力士手表，表情有些着急。

"情况就是这样。"他说道，一脸痛苦的神情。

※

他们在律师家外停下说了会儿话。

"可怜的佩鲁佐！"警长这样说道，"他试图尽快掩盖自己的行迹，把希望寄托在了绑匪身上，所以人们才不会知道内情，然而……"

米努托洛说道："我却担心一件事，那就是，根据律师所说，如果绑匪在作案后立刻联系佩鲁佐，那这个时间比他们打给我们的第一通电话要早将近十二个小时。"

"他们把我们像木偶一样玩弄于股掌之中。他们看似在和我们讨价划价，但其实从一开始就知道要威胁谁去支付赎金。他们让我们浪费了时间，也让法齐奥浪费了精力，他们很聪明。归根到底，他们发给米斯特雷塔家的消息是按照绑架案的惯例，装出个样子。他们只是给我们看了我们想看的东西，说了我们想听的话。"蒙塔巴诺插话道。

"根据律师所说，"米努托洛推论道，"这一点极富戏剧性，绑匪在绑架后的二十四小时内就控制了全局，其中一位打电话给佩鲁佐要赎金。只可惜他们没有再去找他，为什么？他们遇上麻烦了吗？可能派去搜查郊外的人妨碍了他们的行动？也许我们该放松些搜查力度？"

"说实话，你在害怕什么？"

"如果他们感觉受到威胁的话，他们就会做些傻事。"

"你忘记了一个基本事实。"

"什么？"

"那就是绑匪仍然在和电视台联系。"

"那为什么他们不和佩鲁佐联系？"

"因为他们想让他先自食恶果。"警长说道。

"但时间拖得越久，他们的风险也就越大啊！"

"他们非常清楚这一点，并且我想他们也知道自己的把戏快要结束了。我相信苏珊娜回家只是几个小时的事情。"

米努托洛看来很困惑。

"什么？！今天早上你好像不是这个意见。"

"今天早上律师还没在电视上发言，也没用在跟我们讲的时候用到的一个副词。他很精明，他在间接地告诉绑匪停止这场游戏。"

"不好意思，"米努托洛完全摸不着头脑了，"但他用什么副词了？"

"'莫名其妙'这个词。"

"这能说明什么？"

"这说明律师已经完全知道答案了。"

"该死的！我什么都不明白。"

"忘记我说的话吧，你现在要去哪儿？"

"向法官报告。"

13

利维娅不在家，餐桌已经摆好，是供两人用餐的，她在盘子旁边放着一张字条。

> *我和朋友一起去看电影了。*
> *等我回来一起吃晚餐。*

他去洗了个澡，然后坐在电视机前，自由频道正在播放关于苏珊娜绑架案的辩论，主持人是尼科洛，参加辩论的有一位政府官员、三位律师、一位退休法官和一位记者。当节目进行了半个小时后，辩论变成了对安东尼奥·佩鲁佐的讨伐，简直不是审判，而是要处以私刑了。所有人都不相信鲁纳律师说的话，所有现场的人都不相信佩鲁佐已经准备好赎金，只是在等待突然沉默了的绑匪发出消息。从逻辑上讲，绑匪想尽快拿到钱，然后释放女孩，自此消失，这才符合他们的利益，因为毕竟拖的时间越长，形势对他们越不利。所以，我们很自然地认为，苏珊娜之所以没有被释放，唯一要负责的就是佩鲁佐。他扭扭捏捏地拖延时间只是为了争取减少赎金。就凭他的这种做派，难道在最终审判面前还想到上帝那里讨点折扣吗？最后，似乎很容易就看出来，女孩一旦被释放，佩鲁佐唯一的选择就是离开这里。

他的政治抱负会化为乌有！蒙特鲁萨、维加塔乃至周边地区都不会欢迎他。

※

这一次，3 点 27 分 40 秒的咔嗒声惊醒了他，他感到自己的大脑运转良好，他借此机会从坎塔雷拉打来第一通电话开始好好回顾了整件绑架案。在五点半时，他突然感觉有些困了，于是停止了思考。当他慢慢入睡的时候，电话响了，幸运的是利维娅没有听见，现在是 5 点 47 分，打来电话的是法齐奥，声音听起来很兴奋。

"苏珊娜被放了。"

"真的吗？她怎么样？"

"她很好。"

"那好，一会儿见。"蒙塔巴诺说道，然后他又回到了床上。

正当利维娅在床上动了动，马上要醒来时，他告诉了利维娅这个消息。利维娅光着脚从床上跳下来，就好像她在床上看见了一只蜘蛛一样。

"你什么时候知道的？"

"刚才法齐奥在六点左右打来了电话。"

"你为什么不马上告诉我？"

"我应该把你叫醒吗？"

"当然，你知道我有多担心这个女孩，我一直揪心着呢，你是故意不叫醒我的。"

"如果你这么理解的话，好的，我承认我错了，好了吧。现在冷静一下。"

但利维娅却并不领情，她鄙视地看着他。

"我不明白，为什么你还躺在床上，而不是到米努托洛那里打探消息，去发现……"

"发现什么？如果你想知道更多，打开电视就行了。"

"有时候你的冷漠能把我逼疯！"

她过去打开了电视，蒙塔巴诺则把自己关在了浴室，不紧不慢。为了让他心烦意乱，利维娅故意把电视音量调得很高。他在厨房喝咖啡的时候都还能听见电视里人们愤怒的声音、尖锐的警笛和汽车轰鸣声。电话响的时候，他差点没听见。他走到了客厅，电视里发出的声音让大地都在震颤。

"利维娅，能请你调低点声音吗？"

利维娅一句话都没说但却照做了，警长拿起了话筒。

"蒙塔巴诺吗？怎么回事，你怎么还没来？我是米努托洛。"

"怎么了？"

米努托洛似乎有些口吃。"呃……我不知道……我想你会很高兴……"

"不管怎样，我想你现在已经被包围了。"

"确实是这样，在大门外有数十位记者、摄影师……我不得不打电话要求警力支援。法官和局长一会儿就来，真是一团糟。"

"苏珊娜怎么样？"

"衣服有点被扯坏了，但总体情况还不错。她叔叔给她检查

164

了身体，结果显示一切正常。"

"她被虐待了吗？"

"相反，她说绑匪并没有暴力行为。"

"绑匪有几个人？"

"她说只有两个蒙面人，看着很像是农民。"

"他们怎么释放了她？"

"她说昨晚睡觉的时候，两个绑匪把她叫起来，蒙着她的脸，把她的手绑在身后，把她从桶里拉了上来，然后把她放进后备厢。她说绑匪开了大概两个多小时后才停了车，他们把她拉下车后，又走了大概半个小时才给她松了绑，他们让她坐在地上，然后就离开了。"

"在整个过程中，他们一句话都没和她说吗？"

"没有，她花了些时间才把绳索和眼罩解开，四周黑漆漆的。她对自己在哪里毫无头绪，但她没有失去希望，努力地往维加塔的方向走。到了某个时候，她感觉自己就在拉库卡附近，你知道的，那个村庄……"

"是的，我知道，继续往下说。"

"距离她家只有两英里，她走到自己家门口，按响了门铃，法齐奥给她开的门。"

"换句话说，都是剧本里写好了的。"

"你是什么意思？"

"我的意思是，绑匪实施绑架的过程和剧本分毫不差，是场虚假的表演，他们这场演出的观众只有一个，那就是安东尼奥·佩鲁佐。他们还邀请他一起参加了演出，之后又演了一场面对公众的演出。对了，佩鲁佐怎么样了，他的角色演得怎么样了？"

"坦白讲，蒙塔巴诺，我不知道你在说什么。"

"你成功联系上佩鲁佐了吗？"

"还没有。"

"那接下来发生了什么？"

"法官听了苏珊娜所讲的事件经过，过了中午，他计划开一场记者招待会，你不打算来吗？"

"你就算拿枪对着我，我也不去。"

※

当电话响的时候，蒙塔巴诺刚刚踏进办公室。

"警长吗？有人打电话说他是月亮。"

"有人在搞恶作剧。"

"我说我是太阳，他很生气，我觉得他是个疯子。"

"把他的电话接进来！"这位富有献身精神的律师想干什么？

"蒙塔巴诺警长吗？早上好，我是弗朗西斯科·鲁纳律师。"

"早上好，先生。您找我有什么事？"

"首先，我要称赞一下你的接线员。"

"先生，您看……就像诗人说的那样，不要放在心上，一切要朝前看，让我们别再说这个了。"

"我给你打电话是想告诉你，你昨天对我和客户的无礼讽刺是不可原谅的。我有大象般的记忆力，虽然不知道是好还是坏。"

因为先生你确实是一头大象，警长本来想这么说，但是忍住了。

"能请您解释一下吗，先生？"

"昨天晚上，当您和同事来我家的时候，您确信我的客户不会支付赎金，然而在您看来……"

"不好意思，但是您误会了。我相信您的客户，不管他情不情愿都会支付赎金的，您和他联系上了吗？"

"昨晚做了绑匪逼迫他做且公众希望他做的事情后，他给我打了个电话。"

"我们能和他谈谈吗？"

"他觉得没有这个必要，他刚刚饱经折磨。"

"您是说 500 元面额，总共 300 万欧元的折磨吗？"

"是的，300 万，装在了手提箱或者行李袋里。"

"您知道绑匪让他放赎金的地点吗？"

"绑匪昨晚九点左右打电话，非常详细地说明了地点，首先他要先通过一个小立交桥，这是通往布兰卡托的唯一道路，路上几乎没什么人。在立交桥下，他会看到一个有井盖的小水井，人可以很轻易地把井盖抬起来，而他需要做的就是把手提箱或者行李袋放进去，然后合上井盖。我的客户在午夜前到达了指定位置，他按指令一步步完成，之后就很快离开了。"

"太谢谢您了，鲁纳先生。"

"麻烦问一下，警长，我想请您帮个忙。"

"什么忙？"

"我想请您帮助我的客户恢复他已被严重损害的名誉。您可以诚实地、一字不差地说出您知晓的实情。"

"我能问一下其他澄清者还有谁吗？"

"我自己、米努托洛警长以及工程师在党内所有的朋友。总之，是有机会知道……"

"如果真的有这么个机会，那我肯定会去。"

"非常感谢。"

电话又响了。

"警长，名字后有个 S 字母的拉特博士来电。"

那是拉特斯博士，局长的办公室主任，经常去教堂做礼拜，让人感觉甜得发腻，还是天主教报纸《罗马观察家》的订阅者，人送绰号"咖啡拿铁"[1]。

"我亲爱的警长！最近怎么样？"

"一切还过得去。"

"让我们谢谢圣母玛利亚的保佑吧！你家人都好吧？"

真是讨厌的人！他总是无比坚信警长已经结婚了，根本没有办法让他放弃这样的想法。如果他发现蒙塔巴诺还是一名单身汉的话，他受到的打击肯定是致命的。

"我很好，感谢圣母玛利亚。"

"我代表局长邀请您参加在蒙特鲁萨中心警察厅召开的记者招待会，会议在今晚五点半召开，议题是《米斯特雷塔绑架案顺利告破》。局长要我把他的意思清楚地转达给你：他只要求你出场，

---

1 译者注：Caffattes，与拉特斯 Lattes 发音接近。

但请不要发言。"

"感谢圣母玛利亚！"蒙塔巴诺轻声说道。

"你说什么？我听不清。"

"我说我想不明白，您也知道，我现在还在康复期，被叫来调查案件只是因为……"

"我知道，我知道，所以呢？"

"所以我能不参加记者招待会吗？我累极了。"

拉特斯听到警长的回答后喜不自禁。在这些政府官僚眼里，蒙塔巴诺就是一名我行我素、不计后果的人。

"当然！当然！好好照顾自己，亲爱的朋友，请等待重返岗位的通知。"

※

肯定有人已经动过写《完美刑侦调查手册》的念头了，反正《小土拨鼠指南》这样的书都出了。这书一定是美国人写的，他们很有本事写一整本书来讲如何把线穿过扣眼这样的事。然而，蒙塔巴诺却从没见过这种手册。不过，这位作者肯定会建议调查犯罪现场，越快越好。也就是说，要在风、太阳、人、动物等各种要素变化之前抓紧调查，因为这些东西的变化很微小，几乎让人察觉不到，难以辨认。

根据鲁纳先生告诉他的，蒙塔巴诺是唯一知道佩鲁佐放赎金地点的调查者。立刻告诉米努托洛这一事实是他的职责。绑匪肯定会花很长时间在前往布兰卡托的路周围藏钱，绑匪首先要确定那里没有警察埋伏，然后等着佩鲁佐的车出现，最后在佩鲁佐走后多等一会儿，确认周围没有人，然后才会出现并拿走手提箱。他们肯定也会在现场留下一些痕迹，因此很有必要在犯罪现场发生变化之前勘查现场。

等一下，当他拿起电话时，他对自己说道，如果米努托洛没法立刻去那里怎么办？他开车先去侦查是不是会好一点儿？这只是一个初步的、表面的侦查，不是吗？如果他发现了什么重要的东西，他就会马上报告给米努托洛，让米努托洛展开更为彻底的调查。

这是他安慰自己良心的方法，这种想法已经在他脑海中出现有一段时间了。然而，他的良知却让自己无法实施，自己不仅不应沉默，反而应该让它释放出来。

不是在找借口，蒙塔巴诺。你只是想催促一下米努托洛，毕竟现在女孩已经脱离了危险。

"坎塔雷拉！"

"在，警长！"

"你知道去布兰卡托的最快路线吗？"

"哪个布兰卡托，警长？是上布兰卡托，还是下布兰卡托？"

"它很大吗？"

"不是，先生，到昨天为止，那边只有五百名居民，只不过上布兰卡托已经都被冲到山底下了……"

"你什么意思？发生滑坡了吗？"

"是的，警长，你去了就明白了。他们不得不在山脚下重建了镇子，但有五十个老家伙不愿意离开故土，所以现在居民分成了两拨，山下 449 个，山上 50 个。"

"等一下，还有一个呢。"

"我刚才不是说了直到昨天还有五百人吗？昨天有一个人去世了，警长。我表哥迈克尔告诉我的，他住在下布兰卡托。"

当然了！坎塔雷拉怎么会在哪个荒凉小镇没有亲戚呢？

"听着，坎塔，如果你从巴勒莫开车，你是先到达上区还是下区？"

"下区，警长。"

"那要怎么到那里？"

他解释了很长时间，也很复杂。

"听着，坎塔！如果米努托洛警长打来电话，让他打我的手机。"

※

他开车上了前往巴勒莫的高速公路，但却遭遇了堵车。这条高速公路其实是条普通的双车道公路，只是比普通公路稍微宽一点，但每个人都莫名其妙地认为它就是意大利的高速公路，于是都按照高速的限速开车。卡车互相超车的时候，车速达到每小时九十英里（这是内政部长规定的高速公路的最高车速），拖拉机、小型摩托车和破旧的电动车也都裹挟在车流之中。在左右两排车道上，不时地出现放着花束的石板，但这不是用于装饰的，而是在标记事故发生的地点，因为已经有不少不幸的人开着汽车或骑着摩托在这里丧命。哀悼从未停止，但人们也从来没长记性。

他在第三个十字路口左拐，路口没有任何标记和提示。他只能主观地相信坎塔雷拉指的就是这条路了。从现在开始，周边的景色发生了变化，出现了低耸连绵的小山和葡萄园，但还是没有任何城镇的影子。在路上，他也没有碰到一辆车，他都开始担心自己开得对不对了。最重要的是，他连个问路的人都碰不到。他突然就不想往前开了，但当他准备掉头回维加塔的时候，他看见一辆马车朝他迎面走来，所以他决定向驾车人问路。他稍微往前开了一点儿，停在马车前面，打开车门走了出去。

"你好！"他对驾车人说道。

驾车人好像没有看到警长，他直直地往前看，慢慢地驾驶着马车。

"你也好！"他回应道。驾车人大概六十岁，脸晒得黝黑，面容憔悴，身上穿着棉麻粗布，头上戴着一顶至少有五十年帽龄的可笑透顶的博尔萨利诺帽。

但他却没有停下马车。

"我想问您些事情。"蒙塔巴诺边走边说道。

"我？"男人问道，语气一半惊讶一半担忧。

"还有别人吗？那匹马？"

"呵呵，也是。"男人说道，拉了拉缰绳让马停下。

男人什么也没说，只是一直看着前方。他在等着警长问问题。

"您能告诉我怎么到下布兰卡托吗？"

男人犹豫了一会儿，想了半天后说道：

"一直往前走，第三个路口右拐。再见，驾！"

"驾！"是对马说的，因为马开始慢慢走了起来。

开车开了半小时，蒙塔巴诺发现前方远处像是一个十字路口，样子介于立交桥和桥之间。那不像座桥，因为那里没有护栏，只有大型金属防护墙，也不像立交桥，但它的圆拱确实有点桥的样子。在它的后面是座若隐若现的小山，山腰上点缀着些方形的白色小房子。那肯定就是上布兰卡托了，但是在这里连下区小镇的屋顶都看不见。不管情况如何，他都要走近看一看。蒙塔巴诺在距离立交桥二十码的地方停下车，下车观察四周。这条路特别荒凉，自从拐到这条路上来，他碰到的唯一一辆车就是马车，并且他还注意到有一位农民在锄地，其他的就什么都没有了。当太阳下山黑暗降临的时候，这条路上估计什么都看不见，并且这里也没有路灯，周边也没有住户来提供一点儿光亮。所以，绑匪在等佩鲁佐的时候是怎么辨认方位的？最重要的是，他们怎么能肯定自己看见的车是佩鲁佐的，而不是其他偶然通过的车呢？

这座桥有什么用处，怎么建起来的，为什么要建，蒙塔巴诺全都不清楚。在它周围没有任何树丛和墙壁可以躲藏。哪怕是在漆黑的夜晚，这个地方都很难隐蔽，开近的汽车车灯完全能照到在那里的人。因此呢？

一只狗在叫，为了看看另一个活物，蒙塔巴诺扫视了周围，开始寻找它。他在立交桥右侧口处，只能看见狗头。可能人们建立交桥的原因是让猫狗从路上穿过去吧。这有什么不可能呢？意大利的基础设施建设经常化不可能为可能。警长立刻意识到，绑匪应该是躲在狗现在藏身的位置。

他穿过灌木丛和一条土路，到达了立交桥的入口处。立交桥是一个拱形，曲线倾斜度很高，如果人正好藏在立交桥的入口处的话，根本不会被下面的车看到。他仔细地查看四周，狗一边后退，一边咆哮着发出威胁，但最后他连一个烟头都没发现。为什么你要在地上发现烟头？现在很多人都很害怕吸烟致死，烟盒上都写着警示语说吸烟致癌致命。现在甚至连罪犯都改掉了这个坏习惯，不给可怜的警察留一丝线索。他可能得向卫生部长写一封投诉信。

他又搜索了立交桥的另一边，仍然一无所获。他回到立交桥的入口处，趴在地上，把头贴在金属壁上，在正下方看见了盖着石板的小水井。发现佩鲁佐的车后，绑匪肯定也爬上了立交桥，和警长一样趴在地上往下看。借着车前灯的光，他们能看到佩鲁佐挪开石板，把手提箱放到井里然后离开。肯定是这么回事，但他还是没有完全得到他想要的东西。绑匪什么痕迹都没留下。

他走到立交桥下，研究盖在水井上的石板。这个水井看起来很小，装不下一个手提箱。他快速做了一个心算：六十亿里拉差不多相当于三百一十万欧元，按每沓一百张、每张五百欧元算，总共应该有 62 沓。因此他们并不需要一个大手提箱。相反，石板很容易被人抬起来，因为上面有一个铁圈，人可以伸进去一根手指把它提起或盖上。蒙塔巴诺一边观察，一边伸进去了一只手，井里有一个行李袋，还不轻。佩鲁佐的钱还在里边？有没有可能绑匪并没有拿走钱？那为什么他们要放了女孩？

他跪下用手抓出了这个袋子，袋子很重，他把它放在一旁。他深吸了一口气，然后打开行李袋，里面装满了一沓一沓的旧杂志碎片。

14

震惊让他一屁股坐到了地上。嘴巴吃惊地大张着。他开始问自己：这个发现说明了什么？佩鲁佐工程师用报纸代替了欧元？难道佩鲁佐不知道有人在拿他外甥女的安危当赌注？思考了一会儿后，他认为工程师完全有能力知道，而且还不止知道这些。然而，这起案件的绑匪行为却显得莫名其妙。因为只有两种可能性，没有第三种：要么绑匪当场打开行李袋，发现他们被耍了，但还是决定放了女孩；要么他们是被涮了，一看到佩鲁佐把包放进井里，没有马上查验就信以为真，然后放了女孩。

或许佩鲁佐通过某种方式知道绑匪不会马上打开袋子确认，所以在赌时间？等一下，推理思路错了，当他们看见袋子的时候，没人能阻止绑匪打开井盖，因为交赎金并不一定意味着马上释放女孩，所以佩鲁佐怎么赌时间？不管怎样，无论从什么角度看，工程师的伎俩都太疯狂了。

当他震惊地坐在地上，脑子中的问题像机关枪扫射一样不停地射出时，他听到了特别的声响，但不知道是从哪儿传出来的。他以为肯定是一群附近的小羊。但声音并没有越来越近，虽然它已经近在耳边了。然后他意识到，这是自己的手机铃声。他之前没用过这部手机，现在只是以防万一才放在了口袋里。

"警长，是你吗？我是法齐奥。"

"什么事？"

"警长，米努托洛警长想让我告诉您一件发生在四十五分钟之前的事情。我给您办公室和家都打了电话，最后坎塔雷拉想起来……"

"好了，说说发生了什么事吧。"

"米努托洛警长给鲁纳打电话，看他有没有和佩鲁佐联系，律师说佩鲁佐昨晚已经付了赎金，并告知了他放赎金的地点。米努托洛警长想赶快去开展初步调查，这个地方位于去往布兰卡托的路上，但不幸的是，新闻记者也跟在他后面。"

"总之，米努托洛想干什么？"

"他说他想和您在那里碰面，我会告诉您最快……"

话还没说完，蒙塔巴诺就挂了电话。米努托洛、他的下属，还有一窝蜂似的记者、摄影师可能会随时来到这里。如果他们看见他了，他该怎么解释自己为什么在这里？

天哪，太让人意外了！我刚好路过这里……

他赶紧把行李袋放回水井，盖上了井盖，然后飞快地跑回车里发动引擎。就在他准备掉头时，他突然停了下来。他想到，原路返回肯定会碰上米努托洛和他身后的媒体车队，所以他最好继续开，去下布兰卡托。

他开车开了差不多十分钟就到了下布兰卡托，这是个干净小巧的城镇，镇里有一处迷你露天广场、教堂、市镇大厅、咖啡店、银行、餐厅和鞋店。露天广场周围放着几张花岗岩长椅，上面坐着十个上年纪的男人，他们一动不动地坐在那里。蒙塔巴诺起初以为他们都是雕像，是极其写实的艺术品，但他们中的一个很明显穿着很破旧，突然间头向后仰靠在了椅背上。他要么是死了——看起来确实很像死了——要么是抵挡不住睡眠的威力睡过去了。

乡村的空气刺激了警长的胃口，他看了看手表，现在已经快一点了，于是驱车前往镇上的餐厅，然后停在了附近。不过，如果有记者聪明地在下布兰卡托给他打电话怎么办？当然，在上布兰卡托也会有餐厅，但他感觉已经饿得前胸贴后背，管不了那么多了。唯一的解决方法就是冒险进入他面前的这家餐厅。

在他的视野范围内，他瞥到了一个从柜台后走出来的人。他停下来看着警长，这是一个四十岁左右的男人，满面笑容地走向他。

"这个……您是蒙塔巴诺警长吗？"

"是的，但……"

"这是我的荣幸，我是迈克尔·扎尔科。"

他像跟熟人一样报上姓名，但警长无言地看着他，于是他解释道：

"我是坎塔雷拉的表哥。"

※

迈克尔·扎尔科，土地测量师兼布兰卡托副镇长的出现简直拯救了他。首先，迈克尔带着警长去了他家，用手头食材随意给警长做了顿饭。安吉拉·扎尔科夫人是位金发碧眼的女士，她话不多，看起来有些疲惫。她给警长上完前一天做的糖醋兔肉后，又端给警长番茄酱汁的宽通心粉，这可是给贵客的待遇。糖醋兔肉的工序很复杂，因为所有配料的比例都要一丝不苟。在蜂蜜中要放入恰当比例的食醋，搭配兔肉片一起炒的茄丁酱必须提前炒好。扎尔科夫人很显然精通此道，最后还要撒上炒熟的杏仁。众所周知，糖醋兔肉当天做当天吃是一个味道，第二天吃又是另一番风味，因为到了第二天，香气和味道才会完全融入进去。总之，蒙塔巴诺吃了一顿大餐。

随后，扎尔科副镇长建议他们去上布兰卡托走一走，帮助消化。很自然地，他们开了扎尔科的车。车拐过一个又一个的急转弯，就像 X 光下人的小肠一样。之后，他们在一群房子中间停下来。这些房子的设计风格是表现主义，没有一所房子直立着，要么向左倾斜，要么向右倾斜。和它们一比，比萨斜塔简直是直得不能再直了。有三四所房子是真的建在山坡上，水平地伸出来，好像有藏在地基下的吸盘把它们吸住一样。两位老人边走边聊，声音很大，因为一个极度向右倾斜，一个极度向左倾斜，也许他们已经适应了房子的倾斜度了。

"咱们回家喝杯咖啡？我太太煮的咖啡很好喝。"当扎尔科看到蒙塔巴诺受环境的影响也斜着走路时，他这样说道。

扎尔科夫人给他们开的门，蒙塔巴诺觉得她看起来就像儿童笔下画的画一样：整个人都白白的，头上编满了小辫，脸颊红润。她看起来有些焦虑。

"出什么事了？"她丈夫问道。

"刚刚电视上说，女孩被放了，赎金却没付！"

"真的吗？"土地测量师问道，把目光投向了蒙塔巴诺。

警长耸了耸肩，摆了摆手，好像他一点儿都不知道这是怎么回事。

"是的，"女人继续说道，"他们说警察在附近发现了佩鲁佐先生的行李袋，但实际上里面却装满了报纸。记者好奇女孩是怎么被放的。大家都清楚，她那位混蛋舅舅的冒险会把她置于死地！"

"人们不再叫他安东尼奥·佩鲁佐或者工程师，而是混蛋，那个难以形容的败类，那个下水道的杂种。如果佩鲁佐真的想要赌一下的话，那他赌输了。尽管女孩已经被放了，但是他将会永远被人们唾弃鄙视。"

※

警长决定不回办公室而是回家，在家安静地观看记者发布会。开到立交桥附近的时候，他开得很小心，以防身后跟着什么流浪汉。无论如何，警察、记者、摄影师留下的痕迹到处都有：空可乐罐、摔坏的啤酒瓶、一大堆烟头，这里变成了一个垃圾堆，他们甚至弄坏了小水井上的石板。

※

当他打开自家门的时候，他愣住了。他从早上一通电话都没给利维娅打，他完全忘了告诉她自己午饭不在家吃。一场争吵在所难免，而且他也找不出任何借口。然而，家里却没一个人，利维娅出门了。进卧室的时候，他发现了她打开的行李箱，里面已经半满了。他马上想起来利维娅打算明天回热那亚，她在自己住院和康复期间请的假要到期了。他感到自己的胸口受到了重击，像以往出现危险情况一样，他涌起了一股情绪。她不在也是件好事，他可以毫无愧疚感地放飞自我了。

然后他去洗了把脸，当他坐在电话前的椅子上后，他打开了电话本。那位律师有两个电话号码，一个是家里的，一个是办公室的。蒙塔巴诺打了他办公室的电话。

"弗朗西斯科·鲁纳律师办公室。"一个女声从电话那端传来。

"我是蒙塔巴诺警长，鲁纳先生在吗？"

"是的，但他在开会，我会帮您问下看他是否会接电话。"

各种各样的噪音和录制的音乐传了过来。

"亲爱的朋友，"鲁纳说道，"我现在没法和您通话，您在办公室吗？"

"不，我在家，您想要我家的电话吗？"

"请告诉我。"

蒙塔巴诺告诉了他自己家的电话号码。

"十分钟后我会给您打过去。"律师说道。

※

警长注意到，在他们短短的交流中，鲁纳没有叫他的名字或职位，不难想到他在和什么样的客户会面。毫无疑问，当听到警长这个词的时候，他的客户肯定会感觉碰到了麻烦。

大约半个小时后电话才响了起来。

"蒙塔巴诺警长吗？请原谅我打迟了，但我刚刚和一些人在一起，我觉得最好还是用最安全的电话给你打。"

"您说什么，鲁纳先生？难道您办公室的电话被人监听了吗？"

"我不确定，但现在事情这样发展……您想告诉我什么？"

"没有什么是您不知道的。"

"您是指那个装满杂志碎片的包吗？"

"非常正确！您知道的，这种形势会严重妨碍您让我做的恢复佩鲁佐声誉的工作。"

电话那端陷入一阵沉默，就好像被切断了一样。

"您好？"蒙塔巴诺说道。

"我还在呢，诚实地告诉我，警长，您真的认为，如果我知道井里只有杂志，我会告诉您和米努托洛警长吗？"

"不，我不这么认为。"

"那好，当他知道这个消息的时候，我的客户给我打了电话，他非常沮丧，痛哭不止。他知道这件事的时候，就像是胶水粘住他的脚，再把他扔到大海里一样。他会活活淹死，没有一丝上岸的机会。警长先生，那个行李袋不是他的，他把钱放在了手提箱里。"

"他能证明吗？"

"不能。"

"那他怎么解释警察发现的是行李袋而不是手提箱？"

"他没法解释。"

"那他把钱放在了手提箱里？"

"当然。大约六十二捆，每捆一百张五百欧元的钞票，总金额 3098000.74 欧元，相当于六十亿里拉。"

"您信吗？"

"警长，我必须相信我的客户。但问题不是我相不相信他，而是大众相不相信他。"

"但应该有办法证明您的客户说的是真的。"

"真的吗？怎么证明？"

"很简单。就像你自己说的，佩鲁佐先生要在很短的时间内凑齐赎金，那么肯定会有相关的银行明细能证明他取了这笔钱。你需要做的就是把明细公之于众，那么就能证明您的客户是信守承诺的人。"

良久的沉默。

"您还在听吗，律师？"

"当然。我也是这么向他提议的，但您看这里有个问题。"

"什么问题？"

"佩鲁佐先生没从任何银行取钱。"

"不会吧？那他是从哪里得到的这笔钱？"

"我的客户和向他慷慨解囊资助这笔钱的人达成了协议，不能泄露任何相关信息，总之，没有任何书面文件。"

"不知道是谁用什么肮脏手段给了佩鲁佐这笔钱？那我就无能为力了。"

"对我来说也一样，警长先生。一点儿希望都没有。实际上，我在想法律手段还对不对佩鲁佐先生起作用。"

所以，这个卑鄙小人也打算要放弃这艘注定要沉的船了。

※

很快，下午五点半的记者招待会召开了，在一张大桌子后坐着米努托洛、法官、局长和拉特斯博士。会议的大厅被记者、摄影师挤得满满当当，尼科洛·齐托和皮波·拉贡涅丝也在现场，两人保持着适当的距离。首先是局长博内蒂·阿德里奇的发言，他认为最好首先解释绑架案是如何发生的，他指出第一部分工作是围绕女孩的口头陈述开展的。在绑架案发生的当晚，苏珊娜·米斯特雷塔按照以往的路线骑着摩托车回家，在圣杰兰多火车道的十字路口处，也就是她家附近，一辆车突然停在了她旁边，于是她不得不把车开到土路上，以免剐蹭。苏珊娜疑惑不解，她还没来得及停车就有两个男人从车上下来，他们脸上戴着面具，其中一个人把她抱起来扔到了车里。

苏珊娜震惊极了，都没来得及做出反应，车里有个男人便摘掉了她的头盔，用一团棉花堵住了她的嘴，不让她说话，并且把她的手反扣着绑在背后，让她躺在他脚下。在混乱之中，女孩听到另一个男人走进车里，开着车走了。这时她失去了意识。警方猜测，第二个男人应该是去把摩托车从路上挪开。

当苏珊娜苏醒过来时，她的周围一片黑暗，她仍然被堵着嘴，但手却没有被绑着，这时她意识到，自己被关在了一个荒无人烟的地方。她在黑暗中四处走动，发现自己应该在一个至少十英尺深的混凝土大桶里，在地上放着一个旧床垫，她就靠着这个旧床垫度过了自己被绑架的第一个夜晚。比起对自身处境的无望，她更忧心她濒死的母亲。她迷迷糊糊地睡了过去，当有人打开灯时，她马上醒了过来，这盏灯好像是机械和汽车用的灯。两个戴着面具的人在看着她，其中一个男人拿出了手提式盒式录音机，另一个人爬着梯子进到了桶里。拿着盒式录音机的男人说了几句话后，另一个男人取下堵住女孩嘴的东西，她马上大声呼救，然后嘴又被堵上了。过了一会儿，他们又来了，一个人沿着梯子爬下来，拿掉了塞嘴棉花后又爬了上去。另一个男人给她照了张拍立得，但这次之后他们没再堵着她的嘴。他们一直用梯子给她送食物，都是罐装食品。桶的一角有一个供她排泄用的提桶，灯也一直亮着。

在被监禁期间，苏珊娜没受到虐待，可是她却无法料理个人卫生。她从没听到绑匪的声音，他们从没有回答过她的问题，也没有用任何称呼叫她。他们甚至在把她拉出大桶的时候也没告诉她正打算放了她。稍后，苏珊娜会带着警方前往她被释放的地点。实际上，警察已经在那里发现了绳索和绑匪用来堵住她嘴的棉花。局长总结道，女孩经历了痛苦，但现在状态良好。

拉特斯指向一位记者，记者起身问道："为什么我们不能采访苏珊娜？"

"因为案件仍在调查当中。"法官回答道。

"总之，赎金到底付了没有？"齐托问道。

"我们现在还不能随意推测这个答案。"法官回答道。

这时皮波·拉贡涅丝站了起来，他的嘴巴紧闭着，词是一个一个挤出来的。

"我……不是……想……提问，是……想……发布……一个……声明。"

"说清楚！"记者们一起喊道。

"我想发一个声明而不是提问。在我准备来之前，我们办公室接到了一通电话，电话指明是找我的。我认出了那是之前给我打过电话的绑匪的声音，我引用一下他的话，那就是赎金没有付，尽管本应付赎金的那个人耍了他们，但他们还是决定放了这个女孩，因为出于良知，他们不想伤人性命。"

大家一下子炸开了锅，纷纷从座位上跳了起来，打着手势，人们跑出了大厅，而法官则在指责着拉贡涅丝，吵闹声特别大，以至于根本听不清人们在说什么。蒙塔巴诺关了电视，走到阳台坐在了椅子上。

※

一个小时后，利维娅回到了家，发现萨尔沃在看着大海，她在他脸上找不出一丝生气的痕迹。

"你去哪儿了？"

"我去拜访了贝巴，然后去了科林毕特拉。答应我，你会抽一天时间去那里看看。你去哪儿了？你都没有打电话告诉我你不回家吃午饭。"

"对不起，利维娅，但是……"

"不用道歉，我并不想和你吵架。这是我们在一起的最后几个小时，我不想浪费它们。"

她在房子里转来转去，然后做了之前从没做过的举动，她坐在他的大腿上，紧紧抱住了他，她静静地待了一会儿，然后对他耳语道：

"我们要进屋吗？"

在进屋之前，出于某种原因，蒙塔巴诺拔掉了电话线。

就这样，他们搂抱在一起，晚饭时间过去了，晚饭后的时间也过去了。

"我很开心苏珊娜的绑架案在我离开之前告破了。"利维娅低声说道。

"是的。"警长回应道。

他成功地在这几个小时内忘记了绑架案，但他却本能地感谢利维娅让他又想起了这件案子。为什么？要感谢什么？他也不知道。

当他们吃饭的时候，几乎没有说话，利维娅要离开的事情让他们内心沉甸甸的，一点儿都不好受。

她从桌旁站起来去收拾行李，在某一刻，他听到利维娅在另一个房间里叫他：

"萨尔沃，你拿走了那本我在读的书吗？"

"没有。"

"是西姆农写的小说，名叫《易尔先生》。"

利维娅也走到阳台上，挨着他坐了下来。

"我四处找不到，本来想带走看完的。"

警长猜到那本书在哪里了，他站起身。

"你去哪儿？"

"我马上回来。"

果然，那本书就在他想到的那个地方，警长在卧室的床头和墙中间的夹缝中发现了这本书，它肯定是晚上睡觉时掉进去的。

他弯下腰把书捡起来，放在已经合上的行李箱里，然后回到阳台上。

"我找到它了。"他说道，然后准备坐到原来的位置上。

"在哪里找到的？"利维娅问道。

蒙塔巴诺突然身体僵住了，一只脚略微抬起，身体微微倾斜，就好像在忍受后背痉挛产生的痛苦一样。这种状况持续了好长时间，可把利维娅吓坏了。

"萨尔沃，你怎么了？"

他没有力气动弹。他的腿想动，可是脑子却不听使唤，嗡嗡作响，里边所有的零件都在高速运转，非常开心地各自都找到了合适的位置。

"天哪，萨尔沃，你病了吗？"

"没有。"他感到自己的血液不再凝固着，而在慢慢流动起来。他想坐下，但是他脸上还是震惊的表情，他不想让利维娅看到这样的自己，所以他抱住利维娅，把头放在她的肩膀说道："谢谢你！"之前在床上相拥的时候，他就对利维娅产生了感激之情，只是当时不知道如何解释。现在他终于明白了。

15

当时间卡在 3 点 27 分 40 秒的时候，蒙塔巴诺没有醒，因为他还没有入睡，他完全睡不着。他在床上翻来覆去，思维像大海中的碎片一样来回起伏，但他强迫自己不要吵醒利维娅。她一沾上床就睡着了，因此他不能随意舒展四肢。

闹钟在早上六点钟响了，天气看起来很好。七点十五分，他们已经在去往巴勒莫机场的路上了。一路上他们基本上没有交谈，蒙塔巴诺的思绪早已飘远，想着一个让他心痒不已的念头。他想去确定：它究竟是荒谬的臆想，还是魔幻的现实。利维娅也在沉思中，担忧因为突然来维加塔陪伴萨尔沃而积压的一堆工作。

在利维娅登机之前，他们像热恋中的少年情侣一样热情拥抱。当他用双臂抱住她的时候，蒙塔巴诺感觉到了本不应同时存在的两种矛盾的情感，但它们却一齐出现了。一方面，他对利维娅的离开非常伤感，毫无疑问，马里内拉的房子无时无刻不在提醒她的存在，现在他变成了一个上了年纪的男人，开始感到孤独的重量。另一方面，警长也感到了一种压力，想让利维娅尽快离开，不要再耽误时间，这样一来他就可以跑回维加塔做他需要做的事情，完全放松自己，不用再迎合她的安排，或者回答她的问题了。

利维娅要离开了，回头看了看他，然后向着安检处走去，蒙塔巴诺仍然站在原地没有动。这不是因为他想目送她到最后一刻，而是因为一种震惊的情感阻挡了他转身离去的步伐。他感觉看到了利维娅眼神深处的光芒，这本不应该出现，它只持续了几秒钟，就立刻消失了，被深邃复杂的情感掩盖了过去。但是这股微弱的亮光却足以让警长注意到，让他震惊不已。想打赌吗？打赌当他们拥抱时，利维娅肯定也和他感受到了相同的矛盾情感。即将告别的苦涩和重归自由的焦急，一对情感矛盾体。

一开始他有些生气，但之后却笑了起来，那句拉丁文谚语是怎么说的来着：Nec tecum nec sine te。意思是，在也不在。完美！

※

"蒙塔巴诺吗？我是米努托洛。"

"你好，你有什么关于女孩的消息吗？"

"我就是要说这个，蒙塔巴诺，但问题是她仍然害怕绑匪。这很正常，但她回来后晚上一直不能入睡，所以她不能给我们提供太多绑匪的信息。"

"她为什么不能入睡？"

"因为她妈妈病情恶化了，所以她不想离开妈妈的床前，哪怕一分钟都不愿意。我今早接到电话，说米斯特雷塔夫人昨晚去世了……"

"然后你就迫不及待地跑过去，想要借机询问苏珊娜。"

"我不会做这些事的，蒙塔巴诺，我来这里是因为我觉得这是我的义务，毕竟我一直待在她家……"

"你像是已经成为他们家的一员了，真为你感到高兴，但我还是不明白你为什么要给我打电话。"

"好吧，因为葬礼将于明早举行，所以我想后天开始询问苏珊娜，法官也同意了我的想法，你来吗？"

"跟我有什么关系呢？"

"难道你不应该在这儿的吗？"

"我不知道，局长会决定我应不应该去。实际上，帮我个忙，您给他打个电话打探打探消息，然后再给我回个信。"

※

"是你吗，先生？我是阿德莉娜。"

阿德莉娜，那个女管家！她怎么知道利维娅已经走了？靠闻吗？是风吗？最好不要深入探究，要不然他可能会发现全镇的人都知道他上厕所时发出的哼哼声。

"什么事，阿德莉娜？"

"我今天下午要去你家打扫卫生，给你做饭吗？"

"不需要，阿德莉娜，今天不需要，明天早上来吧。"

他需要一些私人空间来思考。

"您决定做我孙子洗礼仪式的教父了吗？"管家继续问道。

他一秒都没有犹豫。利维娅之前讲什么扯平了，这恰好给了蒙塔巴诺一个接受阿德莉娜请求的绝佳理由。

"我已经决定了，我会去。"

"这太棒了！"

"您定时间了吗？"

"您决定就好，先生。"

"我？"

"是的，您什么时候有空，我们就什么时候做。"

不，这应该是你儿子决定的事，警长想这么说，因为孩子的父亲帕斯夸里是监狱的常客。但他只是说：

"你们自己决定好了告诉我就行，现在我什么时候都有时间。"

※

还没等到警长坐下，弗朗斯西科·利帕里就冲进来踢坏了警长桌前的椅子。他面色苍白，眼底下有着好像用鞋油画上去的浓浓的黑眼圈，衣服凌乱不堪，好像他穿着它们过夜了一样。蒙塔巴诺吓了一跳，他觉得当苏珊娜被释放后，男孩应该开心不已，如释重负才对。

"你感觉很不好吗？"

"一点儿都不好。"

"为什么？"

"苏珊娜不肯和我说话。"

"为什么？"

"怎么解释？自从我知道她被放了之后，我往她家至少打了十个电话，每次电话要么是她爸爸，要么是她叔叔或者其他人接，她一直都不接我电话。他们都告诉我苏珊娜现在很忙，接不了电话，甚至在今天早上，当我听到她妈妈去世后……"

"你从哪儿听到的？"

"从一个当地的广播台那里，我马上想到，当她妈妈还活着的时候，苏珊娜见了她最后一面，真是万幸啊！然后我就又打了电话，我想陪在她身边，但我得到的还是一样的答案：她很忙。"

他把自己的脸埋在双手中。

"我做了什么，她要这么对我？"

"你？什么都没做。"蒙塔巴诺说道，"但你要理解，绑架带来的创伤是巨大的，它很难愈合，所有遭遇过这事的人都有相同的感受，这需要时间。"

然后心地善良的蒙塔巴诺沉默了下来，为自己的做法感到满意。他自己对这个问题的看法正在成形，但还是觉得最好不要跟小伙子讲，于是继续泛泛而谈。

"但她不需要真正爱她的人关心她并帮助她克服创伤吗？"

"你想多了解一些吗？"

"当然。"

"坦白地说，像苏珊娜一样，我也希望独自舔舐和回顾伤口。"

"伤口？"

"是的，不仅仅是我自己身上的伤口，还有我施加到别人身上的痛苦。"

男孩迷茫地看着他说："我不知道您在说什么。"

"没关系！"心地善良的蒙塔巴诺立刻不打算浪费他的每日善行了。

"你还有其他事情想告诉我吗？"他问道。

"是的，您知道佩鲁佐所在的党派取消了他的候选人资格吗？"

"不知道。"

"那您知道，从昨天下午开始，海关已经开始搜查他的办公室了吗？有传言说，他们找到足够证据后会立刻把他送进监狱。"

"我第一次听说这件事，然后呢？"

"所以我问了自己一些问题。"

"你想让我来回答？"

"如果可以的话。"

"假如我能回答的话，我只愿意回答你一个问题，你自己做决定吧。"

男孩马上问了他的问题，很显然，这是他认为最重要的。他问道："您认为是佩鲁佐在包里放了报纸而不是钱吗？"

"你不这么认为吗？"

弗朗西斯科试图露出微笑，但失败了，他只是咧了下嘴角。

"不要用问题问答问题。"他说道。

这个男孩很敏锐，既聪明又警觉，和他谈话让人很开心。

"为什么我不应该认为他会这么做呢？"蒙塔巴诺说道，"根据我所知道的信息，佩鲁佐先生是一个无耻之徒，他热衷于豪赌。可能他考虑了自己的现状，对于他来说，最有必要的事情就是防止自己深陷绑架泥潭，因为一旦陷进去，他会全盘皆输，所以为什么不能再冒一次险把那六十亿里拉的钱握在自己手中呢？"

"那如果绑匪把苏珊娜杀了呢？"

"他就会说，自己也是无能为力。他已经付了赎金，可是绑匪却没能履行他们的诺言，因为苏珊娜随时都有机会认出他们其中的一个，那么绑匪杀了她就理所应当，这完全说得过去。他可以在媒体前哭诉外甥女的不幸，有些人最终会相信他说的话。"

"那您会是这群人中的一个吗，警长？"

"我不想解释。"蒙塔巴诺说道。

※

"蒙塔巴诺吗？我是米努托洛，我已经和局长通过电话了。"

"他怎么说？"

"他说他不想利用你的好意。"

"也就是说，翻译成通俗语言就是赶快滚蛋。其实这样更好，简洁明白。"

"好啦，我的朋友，您想让我说什么？"

"我想我还是回去养身体吧，祝您一切顺利！"

"但如果我需要交换下意见，你能……"

"随时欢迎。"

"你知道海关在佩鲁佐办公室发现了可以装满几卡车的犯罪证据了吗？每个人都认为他这次彻底完了。"

※

蒙塔巴诺拿起奇科·德·奇科给他做的放大照片放进信封里，然后费了点力气把它塞到了夹克口袋里。

"坎塔雷拉！"

"在，警长。"

"奥杰洛警长在这儿吗？"

"没有，警长。他现在在蒙特鲁萨，因为局长想把奥杰洛调到局里。"局长终于把警长边缘化了，只跟局里的奥杰洛对话。

"那法齐奥呢？"

"他也不在这里，警长。他去了帕拉佐罗街，在烹饪学院那个岔路口。"

"他去那里干什么？"

"那里有几个店主因为不想交保护费，所以向想砍他们的小混混开枪，但子弹却打偏了。"

"太好了。"

"不，更糟了，警长，因为子弹伤到了过路人的胳膊。"

"听着，坎塔，我现在要回家疗养了。"

"现在就走吗？现在就走？"

"是的。"

"当我想去见您的时候我能去见您吗？"

"随时欢迎。"

※

在返回马里内拉之前，他拐到了他经常购买食品的杂货店，他买了绿橄榄、黑橄榄、羊奶干酪、撒着芝麻的新鲜面包和番茄杏仁酱。

回到家后，他一边做着意大利面，一边把桌子搬到阳台上。在慢吞吞的动作中，太阳渐渐落山，四周的亮光渐渐变暗，天空万里无云，连一丝风都没有。警长从锅里捞起意面，控干水分后放入番茄杏仁酱，然后端起盘子去外面吃了起来。水边有一个男人在散步，他停了一会儿，然后盯着阳台上的蒙塔巴诺。他有那么奇怪吗，惹得那个男人像看西洋景一样看着他？可能他确实像幅西洋景，看着很稀奇，可能有人会写下这么一个标题：《孤独老人的午餐》。这个想法让他瞬间失去了胃口，但还是继续吃着面，只不过兴趣索然。

这时电话响了，是利维娅。她说自己已经平安到家，一切顺利，现在她在打扫自己的公寓，晚上再给他打电话。通话时间很短，但足以让意大利面变凉。

他完全失去了胃口，一波又一波的黑色忧郁笼罩了他，让他只能借酒浇愁，配着吃了一点儿撒着新鲜芝麻的面包后，他用右手食指沾着从面包外壳掉下的芝麻，然后用指尖把它们搓到桌布的卡槽，最后捏起来放进了嘴里。这是吃芝麻面包的最大乐趣。

紧靠阳台右手边长着一丛野生灌木丛，由于长时间不打理，现在它已经和人坐在长椅上的高度差不多了。

利维娅给他说过很多遍要把它们锄掉，但却总没有合适的机会，现在灌木丛的根已经和大树的根一样扎得又深又粗。蒙塔巴诺不知道为什么现在突然有了要砍掉它的冲动。他只需要稍微右转一下就能看到整棵灌木丛。这棵野生灌木长得相当茂盛，中间的黄色矮枝又萌发了绿色新芽。在灌木的顶端，两个小分枝中间有一张银色的蜘蛛网在阳光的照射下熠熠生辉。蒙塔巴诺敢肯定，昨天这张蜘蛛网还没有出现，因为如果出现了，利维娅肯定能注意到。她很怕蜘蛛，一定会拿扫帚把网拆掉。所以它肯定是昨晚才刚刚织好的。

警长站起身，靠在围栏边俯身观察它。

像被迷住了一样，警长发现以蜘蛛网的中心为原点，周围的圆形蛛网以一定的直径距离在一圈圈减少，蛛网总共有三十圈。除了中心区域的距离有些大之外，每一圈蛛网的相隔距离都是一样的。此外，圆形的蛛网把从中心发射出来的定量蛛丝粘连在一起，然后向最外围的蛛网扩散开来。

蒙塔巴诺猜测有约二十条蛛丝彼此均匀相离。蛛网的中心是所有蛛丝的集合点，它由周围不同的线组成，呈螺旋形状。

蜘蛛的耐心得有多大啊！

它肯定也遇到了一些困难，它会被风吹破，其他动物不经意经过树枝的时候也会引来振动……但不论怎么样，蜘蛛仍然坚持晚间工作，不顾一切外界的影响，努力建好蛛网。

但蜘蛛在哪里？警长不管怎么看都没有找到蜘蛛的踪迹。难道它抛弃了一切吗？还是被其他动物吃了？又或者潜伏在一旁的黄叶子下，用它八只像王冠一样的眼和八条腿静待猎物上门？

突然，蜘蛛网开始轻微地颤动，但现在没有刮风，哪怕最轻薄的树叶也没有动静。不，这应该是有目的的运动。但如果不是蜘蛛自己的话，那会是什么东西？很显然，有一只不显眼的蜘蛛想要用网抓住雾气和蒸汽以外的什么东西，它开始用腿挪动蛛丝。这是一个陷阱。

蒙塔巴诺转身在桌子上拿了一小块面包，把它撕成小块后扔到了网上，因为面包屑太轻了，所以它们散在了空中，只有一片落在了网的正中间，止好在蜘蛛丝上，只过了几秒钟，它就消失不见了。蜘蛛就像闪电一样从网的上部爬了下来，随后又躲在几片树叶下面，在那里能看到一个小灰点拖着面包屑在迅速消失。警长没有准确地看到动作，但却深切地感受到了这只敏捷惊人的小灰点的行动。他想更清晰地观察蜘蛛的反应力，于是又撕下了一小块面包，把它团成比之前那块稍大一些，然后猛地丢在蛛网的中间，这次整张蜘蛛网都在晃动。小灰点再一次出击，快速到达中心后用身体裹住面包，但这一次它没有再躲起来。它把整个身体暴露在警长的视野中，停在结构令人叹为观止的蜘蛛网中。在蒙塔巴诺看来，这只蜘蛛似乎在嘲弄地看着他。

接下来，蜘蛛小小的头开始变换颜色和形状，从灰色变成了粉色，细绒毛变成了粗毛发，八只眼睛变成了两只。这个过程缓慢得可怕，就像电影里的淡入淡出效果一样。渐渐地，它看着像是一张人脸，脸上带着捕到猎物的满足笑容，用自己的八条腿紧紧抱着猎物。

蒙塔巴诺害怕地颤抖着，他难道在做噩梦吗？难道他在无意识中喝了太多的酒？就在这时，他想起了在学校学过的一个古罗马神话故事，是讲织女阿拉克尼被雅典娜女神变成蜘蛛的故事……时间能倒回那个时候，倒回听到这个神话的晚上吗？他感到自己有些天旋地转，但幸运的是，这种糟糕的感觉并没有持续很久，只在图像开始模糊、蜘蛛的形象发生变化的那一刹那出现了。但在蜘蛛变回蜘蛛、再一次消失在树叶间之前，蒙塔巴诺有足够的时间认出那张脸。他很确定，那不是阿拉克尼的脸。

他坐在长椅上，双腿被吓得失去了知觉，不得不喝了一整杯酒来恢复力气。

他意识到，对那只他误以为长着人脸的蜘蛛来说，在它决定在夜里编织一张大网时，这个夜晚是一个饱含痛苦、折磨、愤怒的深夜。

蜘蛛耐心、固执、坚定、没有一丝放弃想法地织成了它的大网，这是一个有着完美几何图案的网。

是的，不可能把网织得毫无瑕疵，不管这个瑕疵多么细小，几乎无法用肉眼看见。

他站了起来，走到房间里开始寻找放大镜，他知道放大镜的大概位置。自从夏洛克·福尔摩斯以后，如果警长手边没有放大镜的话，他简直就不算是一个真正的警长。

他在家里翻开了每一个抽屉，把东西搞得一团糟。突然，他看了一封六个月前他朋友寄给他的还没打开的信。他打开信封，读了信后才知道他的朋友加斯帕诺抱上了孙子（狗屎！但他不是和加斯帕诺同岁吗？），然后警长继续读了下去，发现没有任何意义。显然，他可以下个结论：他不是一名真正的侦探。根本就不是，我亲爱的华生。他走到阳台上，身体靠着栏杆弯下了腰，鼻子几乎都能碰到蜘蛛网的中心了。然后，他向后退了一点儿，害怕快如闪电的蜘蛛会把他的鼻子当成猎物咬住。他仔细观察蜘蛛网，直到眼睛干涩地流出了眼泪。不，这张网看起来是个完美的几何图形，可实际上却不是，这里线与线之间至少有三或四处不规则的间距，甚至还有一处有两条非常短的之字形线条。

感到自己很确定有这些问题后，他笑了。然后他的微笑变成了大笑。蜘蛛网！这个老掉牙的词怎么能被用来或者滥用来形容见不得人的阴谋呢？他以前从未这样用过。显然，他过去蔑视了这个词，现在有些东西要为此向他展开复仇了，要迫使他认真考虑这个词是该用一用了。

16

　　两小时后，他开车去往加罗塔，由于记不清该在哪里转弯，他不得不睁大双眼观察四周。他发现在他车身右方某处的树上钉着块木板，上面用红色墨水写着"新鲜鸡蛋"，就是这里。

　　这条延伸出来的小路只能通往他眼前这个荒废的农舍，事实上，这儿便是此路的终点。远处，他望见一辆车停在房前的空地上。这是一条上坡路，他驱车驶上，把车停在那辆车的旁边便下车了。

　　他没有敲门，想在门口等会儿。点上一支烟，靠着车抽了起来。当他往地上弹烟灰的时候，好像看到木栅格窗后有什么东西一闪而过。房门关着的时候，门边小窗能让室内外的空气流通，或许那是一张脸。门开了，一个五十岁上下的男人走了出来，他身材矮胖，穿着讲究，戴着金边眼镜。男人一脸通红，十分尴尬的样子。

　　"不进来吗，警长？"女人从屋内说道。

　　蒙塔巴诺进到屋内。女人正坐在简易沙发床上，衣着十分褶皱，枕头也掉到了地上。她正系着衬衫的扣子，长长的黑发松散地披在肩上，嘴角染着口红。

"我从窗户里看见您，一下就认出来了。"女人说道，"请稍等！"

她站起身开始收拾屋子。就像他第一次见到她时那样，她依然着装讲究。

"您丈夫怎么样了？"蒙塔巴诺边问边看了一眼后面的房间，然而房门是关着的。

"他还能怎么样，可怜的人。"

她收拾完屋子，用纸巾擦了擦嘴角，微笑着说："要来点咖啡吗？"

"谢谢，但我不想给你添麻烦。"

"别开玩笑了，您看上去一点儿也不像个警察。请坐！"她说着便给他搬来一个藤椅。

"谢谢，还不知道你叫什么。"

"安吉拉。安吉拉·迪·巴多托洛梅。"

"我同事有来问你些什么吗？"

"警长，我就照着您告诉我的做的。我穿着破衣烂衫，把床拖到了里屋，就这些……他们把这儿翻了个底朝天，甚至连我丈夫的床下都检查了，并且整整质问了我四个小时。他们还检查了鸡舍，把鸡都吓跑了，弄碎了将近三筐鸡蛋……接着他们中有一个人，那个混蛋，哦，不好意思，在只有我们两个人的时候，他占了……"

"占了什么？"

"占了我的便宜，他摸了我的胸。我实在忍不住了，就哭了起来。我一直跟他说，我不会做任何不利于米斯特雷塔医生的事，因为他有的时候甚至白给我治丈夫病的药……但他一点儿也不想听。"

这咖啡真不错！

"听着，安吉拉，我需要你试着去回想一些事。"

"您说什么我都会照做。"

"你还记得你说苏珊娜被绑架后的一天晚上，有辆车来过，你以为是你的客户？"

"是的。"

"好，既然是这样，你能冷静地回想一下，听到车声的时候你在做什么吗？"

"我不是跟你说过了吗？"

"你说你下了床，因为你以为那是你的客户。"

"是啊。"

"但是个没有提前打招呼就过来的客户。"

"是的。"

"你下了床，然后做了什么？"

"我走到这儿，打开了灯。"

这是新的线索，也正是警长要找的线索。那么，除了她听到的以外，她必然还看到了些什么。

"停，哪个灯？"

"屋外的灯。就是那个挂在门口的灯,天黑的时候可以把屋前的院子照亮。在我丈夫出事前,夏天的时候我们常在院子里吃饭。开关就在这里,看到了吗?"

她指向开关。开关就在门和小窗中间的墙上。

"然后呢?"

"然后我往窗外看,窗户是半开的。但车已经开走了,我在后面几乎什么也看不到。"

"安吉拉,你对车有什么了解吗?"

"我?"女人回道,"我对车一无所知!"

"但你刚才说,你还是看到了车的后身。"

"是的。"

"你还记得车是什么颜色的吗?"

安吉拉想了一会儿。

"我记不太清了,警长。可能是绿色、黑色、深蓝色……但有一件事我是确定的:肯定不是浅色,是深色。"

"现在是最关键的问题了。"

蒙塔巴诺深吸了一口气,问出这个问题。安吉拉不假思索地就给出了答案,弄得警长有点吃惊。

"是的,没错。"

紧接着,她做了个鬼脸,看上去有点困惑。

"但……这跟案子有什么关系?"

"事实上没有任何关系。"他赶忙安抚她说道,"我这么问是因为我所寻找的车跟那辆车很像。"

他起身向她伸出手。

"我得走了。"

安吉拉也站了起来。

"你想尝尝非常新鲜的鸡蛋吗？"

还没等他回答，安吉拉就从筐子里拿出一个鸡蛋。蒙塔巴诺接过鸡蛋，往桌子上敲了两下，把蛋液吸空了。自上一次尝到这么新鲜的鸡蛋，已经不知过了多少年。

※

在回来的一个路口上，他看到路标上写着距离蒙泰雷亚莱十八公里。他转头驶上这条路。或许是那枚新鲜鸡蛋的味道让他意识到，自己已经有一段时间没去唐·柯西莫斯商店了。

那是一家很小的商店，但人们可以在那儿买到早就在维加塔城镇内销声匿迹的商品，像小捆的牛至[1]、精选番茄干，当然最重要的是特级食醋，一种由高度自然发酵的红葡萄酒酿成的醋。事实上，他已经发现厨房的那瓶快见底儿了，所以他急需补上一瓶。

他开了很长时间才到达蒙泰雷亚莱。他开得很慢，一方面是因为他在思考安吉拉的回答背后是否有什么深意，另一方面是因为他在享受欣赏新风景。到了镇上，当他准备开向通往商店的小路时，他注意到有个写着禁止通行的标识。这是新安放的，以前

---

1 多年生草本植物，常在意大利比萨饼中用作调味。

可没有，这就意味着他不得不绕远。若是如此，还不如把车停在附近的露天市场，然后走过去。他靠边停车，打开车门，面前站着一位身着制服的交警。

"你不能在这里停车。"

"不能？为什么？"

"你没看见那个标志吗？禁止停车。"

警长环顾四周，有三辆车停在市场里，分别是小卡车、面包车和SUV。

"它们为什么能停？"

交警严肃地看着他。

"它们有授权。"

为什么如今每个城镇，即便是只有二百来个人，都要装作自己跟纽约市一样，搞出一套复杂莫测的交通法规，还要每两周改一次？

"听着，"警长以温和的语气说道，"我只需停几分钟，我想去唐·柯西莫斯商店买……"

"不行。"

"连去唐·柯西莫斯商店也被禁止了？"蒙塔巴诺困惑地问道。

"不是被禁止，"交警说，"商店关门了。"

"那什么时候再开门？"

"我想，它不会再开了，唐·柯西莫斯死了。"

"天哪！什么时候？"

"你是他的亲戚？"

"不是，但……"

"那你为什么这么惊讶？唐·柯西莫斯都九十五岁了，他的灵魂已经安息。他是三个月前走的。"

他边开车边挨个咒骂圣徒。他不得不走一段蜿蜒曲折的小路才能离开小镇，为此他感到心烦意乱。开上回马里内拉的沿海公路时，他逐渐冷静下来。

突然，他想起来，当米米·奥杰洛说找到苏珊娜的背包时，他详细说明了找到背包的地点，就是他现在行驶的这条路的四千米标记后面，差不多就是现在的位置。于是，他减速靠边行驶，停在了米米说的那个地方。

他从车上下来，四周没有房子。他的右方有几片野草丛，往前是散发着金色光辉的黄色海滩，与马里内拉的一样。再往前便是大海，慵懒的海浪随海风上岸，预示着日落的来临。他的左边有一面高高的墙，墙上有一扇大开的铸铁门，门开着。从门开始向里铺设了一条直通别墅的小路，小路两侧是精心修葺的小树丛，但始终望不见别墅的踪影。门的一侧是一个巨大的、有凸出浮雕字母的青铜招牌。

不用穿过马路，蒙塔巴诺就能看清上面的字。

他回到车里开车离开了。

阿德莉娜经常说的那句话是什么来着？Lomu e sceccu di consiguenza，意思是：人就是一头高贵的蠢驴，一头被美化的驴。驴每次都选择同一条道路，并习惯了走这条路，人也如此，总是选择同样的路线，做同样的动作，没有任何反思，全凭习惯。

但刚刚他碰巧发现的以及安吉拉所告诉他的，能在法庭上站得住脚吗？

不，他总结道，绝对不能，但这些都是证据。没错，就是证据。

※

七点半，他打开电视收看晚间第一新闻报道。

新闻上说案件的调查没有取得新进展。苏珊娜依然无法回答问题，已故米斯特雷塔夫人的葬礼上预计会来很多人，尽管这家人已经向外界说明，他们不希望任何人来到教堂或墓地。他们还提到，安东尼奥·佩鲁佐已经从公众视野中消失，躲避即将对他执行的逮捕，但该消息还未得到官方证实。八点，另一家电视台也报道了这些内容，但顺序不同。首先是工程师的失踪，然后是米斯特雷塔家想要举办一场私人葬礼。外人无法进入教堂，也不允许进入墓地。

※

正当他要出去吃饭的时候，电话响了。他这会儿饥肠辘辘，中午几乎什么也没吃，安吉拉的新鲜鸡蛋对他来说就像开胃菜一样。

"警长？我是……我是弗朗西斯科。"

他没有听出来。声音中充满疑虑和嘶哑。

"哪位弗朗西斯科？"他粗声问道。

"弗朗西斯科·利……帕里"

苏珊娜的男友。他的声音怎么了？

"有什么事？"

"苏珊娜……"

他停顿了。蒙塔巴诺能清晰地听到他的抽泣声。他在哭泣。

"苏珊娜……苏珊娜告诉……我……"

"你见她了？"

"没有，但她……终于……接电话了……"

电话里传来啜泣声。

"对……对……对不起……"

"冷静一下，弗朗西斯科。你想要来我这儿吗？"

"不……谢谢……不用了……我正在……喝酒。她说她不想……再见我了。"

蒙塔巴诺感到自己的血液冰冷地在体内流淌，似乎比弗朗西斯科的还要冰冷。这是什么意思？苏珊娜另有情人？如果当真如此的话，那么他所有的推算、所有的假设都瓦解了。它们只不过是一个上了年纪的警长的荒谬悲惨的幻想而已。

"她爱上了别人？"

"比这更糟糕。"

"为什么更糟糕？"

"她没有爱上别……别人。她发了誓，做了决定，当她被绑架的时候。"

"她信教吗？"

"没有，那是她对自己许下的承诺……如果她被释放后能见上母亲最后，最后一面……她将在一个月内离开。她对我说这些的时候好像已经离开了，去了很远的地方。"

"她告诉你要去哪儿了吗？"

"去非洲。她要放弃学业，放弃结婚生子。她要放弃一切。"

"为了什么？"

"为了让自己活得有意义。她的原话是：终于能让自己活得有意义了。她要与志愿者组织一同离开。你知道吗，她早在两个月前就向组织提交了初步申请，却什么都没有告诉我。在她跟我在一起的时间里，她一直在想着永远离开我。她到底怎么了？"

所以说他们之间没有其他男人。这就讲得通了，甚至比以前更讲得通了。

"你觉得她会改变主意吗？"

"不会，警长。如果你能听到她当时的声音……不管怎么说，我很了解她。一旦她做了决定……上帝啊，这究竟意味着什么？警长，这究竟意味着什么？"

他哭喊着说出最后这个问题。这会儿，蒙塔巴诺清楚地知道这意味着什么，但他无法回答弗朗西斯科的问题。对于警长来说，一切都变得简单了。原本平衡的天平如今彻底地倒向了一边。弗朗西斯科刚刚所说的那些话证实了他的下一步行动是正确的，而且一定要迅速。

※

然而，在采取下一步行动前，他不得不通知利维娅。他的手搭在电话上，但他并没有拿起听筒。他需要在自己心里再过几遍。他问自己，接下来他要做的事在某种意义上是否意味着自己职业

211

生涯的结束，或者说在他上级眼里，在法律眼里，以及对于这么多年所遵循的原则来说，这种行为是否有悖于法律准则。但他本来也不怎么样尊重这些原则吧？

利维娅曾控诉他的行为就像未成年的上帝一样，并且是一个乐于改变或重新安排既成事实的上帝。利维娅错了，他不是上帝，绝对不是！他只是一个对于对错有自己判断标准的人。并且，有时他认为是对的事物在法律面前是错的，反之亦然。因此，是按照法律或成文法办事好，还是按照自己的良知办事好？

不，利维娅不会明白，甚至可能会通过争论把他指引到与他原本期望的目标相反的方向上去。

给她留个纸条或许更好。他拿出一张纸和一根圆珠笔。

亲爱的利维娅

他开了个头，却写不下去了。他把纸撕碎，重新拿出来一张纸。

我亲爱的利维娅

他又卡住了。接着他拿出了第三张纸。

利维娅

他的笔停住了，怎么也写不下去。

看来是没戏了。他要在下次见到利维娅的时候，当着她的面，盯着她的眼睛，一五一十地告诉她。

做了这个决定后，他感到轻松、平静、充满活力。等等，他对自己说。轻松、平静、充满活力，这三个形容词并不是他自己的，他这是在引用。是的，但出处是什么？他使劲回想，双手抱头。接着，凭着对自己视觉记忆的信心，可以说百分百的确信，他起身站在书橱前，拿出李奥纳多·夏夏的《西西里的阿拉伯法典》快速翻阅。找到了，在一九六六年发行的第一版第122页，这本书他自16岁时起就总是带在身边，不时地拿出来看看。

就在那一页，维拉神父决定向艾尔罗迪老爷透露一些会彻底改变其命运的事，即那部《阿拉伯法典》是假的，是由他一手伪造的。但在去找艾尔罗迪老爷之前，维拉神父泡了个澡，还喝了杯咖啡。

同样，蒙塔巴诺也正处于做出重大抉择的关头。

他笑着脱下衣服，匆匆走进浴室。他把身上穿的所有衣服都换了，包括内裤，穿上了一套干净的套装。他挑了一条适合严肃场合的领带。接着他泡了杯咖啡，就着小菜喝了。此时，轻松、平静、充满活力这三个形容词已完全是他的了，而且还多了一个夏夏的书里没有的词：心满意足。

※

"您吃点什么，警长？"

"所有。"

他们笑了。

海鲜前菜,鱼汤,煮章鱼配橄榄油和柠檬,四条鲻鱼(两条油煎,两条炙烤)，两个小玻璃杯，装满烈性橘子甜酒，餐馆老板恩佐脸上洋溢着骄傲和喜悦，向警长庆贺。

"你的状态又回来了。"

"谢谢。恩佐，能帮我个忙吗？帮我在电话簿里查查米斯特雷塔医生的电话，抄在纸上给我，好吗？"趁恩佐查电话的功夫，他悠闲地喝掉了第三杯甜酒。餐馆老板过来把电话递给了他。

"镇上的人都在谈论这位医生。"老板说，"他们说什么？说他今早去了公证处处理了一些文件，要把现在住的别墅捐赠出去。既然他哥哥的夫人已经过世，他要搬到哥哥家同住，就是那个地质学家那里。"

"他要把别墅捐给谁？"

"哦，肯定是蒙特鲁萨的一些孤儿。"蒙塔巴诺用餐馆的电话打给米斯特雷塔医生的办公室，接着打给他家。没人接电话。显然，这位医生在他兄弟家守灵。毫无疑问，这家人会在那里，免于被警察或记者打扰。他拨通电话，响了很长时间后终于有人接起电话，

"米斯特雷塔家。"

"我是蒙塔巴诺。医生，是您吗？"

"是的。"

"我需要跟您谈谈。"

"我们可以约在明天下午。"医生的声音有些沙哑，"您想要见我？"

"是的。"

在接着说话前，医生停顿了几秒钟。

"好吧，但我认为您的邀约是不合时宜的。您知道葬礼是在明天举行吧？"

"是的。"

"时间会很长吗？"

"这不好说。"

"您想在哪里见面？"

"我最多占用您二十分钟时间。"

出了餐馆后，他注意到变天了。乌云从海那边涌了过来。

17

从外面看，别墅笼罩在一片黑暗中，房屋的黑暗与夜色、乌云融为一体。米斯特雷塔医生打开大门，站在那儿等警长开车进来。蒙塔巴诺驶入院子，停车并从车里下来，在院子里等着医生关上大门。一个开着的百叶窗内亮着微弱孤寂的灯光，那是死去的米斯特雷塔夫人的房间，她的丈夫和女儿在轮流守灵。大厅里有两扇玻璃落地门，一扇开着，一扇关着，向院子里折射出微暗的灯光，因为天花板上的枝形吊灯没有打开。

"请进。"

"我们在外面谈吧。下雨的话再进去。"警长说。

他们沉默地向木质长椅走去，并像以前一样坐在那里。蒙塔巴诺拿出一包烟。

"来一根吗？"

"不了，谢谢。我决定戒烟。"

显然，叔侄二人都为这起绑架案立了誓言。

"有什么要紧的事急着告诉我？"

"您哥哥和苏珊娜在哪里？"

"在我嫂子的房间里。"

谁知道他们会不会打开窗户让屋里进点新鲜空气，谁知道那里还有没有让人无法忍受的、可怕的药物和疾病的恶臭味。

"他们知道我在这儿吗？"

"我告诉了苏珊娜，但我哥不知道。"

"对于你哥，还有多少事是他不知道的，并且要让他一直蒙在鼓里的？"

"您今天来想要跟我说什么？"

"首先，我要说的是，我今天不是以公职身份来的，但只要我想的话，我随时可以。"

"我不明白。"

"您会明白的，这取决于您的回答。"

"那您问吧。"

问题就在这儿。第一个问题就像是通往不归路的第一步。他闭上眼睛，医生看不到他的双眼，询问就这么开始了。

"您有一个病人住在通往加罗塔公路的一间农舍里，一个开拖拉机的男人，他……"

"是的。"

"你知道'好牧人诊所'吗，离那里大约两英里半就是。"

"这都是什么问题？我当然知道。我经常去那儿。那又如何？你要挨个列举我的病人吗？"

不，不用列举。那晚你开着你的 SUV，心跳急促，血脉贲张，因为你不得不把头盔和背包放到两个不同的地方。你走的哪条路？是你最熟悉的那条！好像不是你在开车，而是车在驱使着你……

"我只想告诉你，苏珊娜的头盔是在通往你病人家的路上发现的，而那个背包是在'好牧人诊所'前找到的。这些你知道吗？"

"知道。"

圣母玛利亚！功亏一篑了吧！警长没有想到医生会给出这样的回答。

"您是怎么知道的？"

"从报纸、电视上看到的，记不清了。"

"不可能。报纸跟电视上从来没有提到过找到这些东西。我们的保密工作做得很好。"

"等等！我想起来了！是你自己告诉我的，当时我们也坐在这里，就是这个长椅！"

"不，医生。我告诉你这些东西找到了，但我没有跟你说在哪里找到的。你知道为什么吗？因为你没有问我。"

警长把此行为解读为迟疑，而且当事人无法立即做出解释。那是一个很自然的问题，但医生并没有问他，事实上，这阻断了他后面的问题，就像打印出来的文件上缺了一行一样。就连利维娅都会问他在哪里找到了西姆农的小说！医生之所以略过了这个问题，是因为他知道头盔和背包的精确位置。

"但……但是警长！我之所以没有问你，可能还有很多其他解释。你知道我当时所处的境况吗？"

"你想要从像蜘蛛网一样不堪一击的事物中得出一个天晓得是什么鬼的概念，是吗？这个比喻实在是太恰当了。想想看，最初我的想法就是建立在那条微乎其微、不堪一击的思路上的。"

"好吧，如果你能首先承认的话……"

"我的确承认。这涉及你侄女。弗朗西斯科，她的前男友，告诉了我一些事。你知道苏珊娜已经离开他了吗？"

"知道，她跟我说过。"

"这是一个很敏感的话题。我不想讨论它，但……"

"但这是你的工作。"

"你觉得如果我在工作的话还会采取这种方式吗？我想说的是：我想知道真相。"

医生沉默了。

就在那时，一个女人将手放在落地窗的窗台上，往前走了一步，停在那里。

天哪，那个噩梦又重现了！那是一个没有躯体的人头，长长的金发，就那样浮在空中，正当他要看到蜘蛛网中心的时候！接着他注意到，为了悼念她的母亲，苏珊娜穿着一身黑衣走了过来，夜色似乎也融进了她的衣服中。

女孩继续往他们这儿走了过来，坐在一个长椅上。灯光照不到她，只能模糊地看到她的头发，她那在黑暗中泛着微光的头发。她没有过来打招呼。蒙塔巴诺决定继续，就当她不在这儿一样。

"就像大多数情侣一样，苏珊娜和弗朗西斯科的关系很亲密。"

医生的情绪有些激动不安。

"你没有权利……不管怎么说，这跟你的调查有什么关系？"他恼怒地问道。

"大有关系。你瞧，弗朗西斯科告诉我，他总是主动提出来的那一个，如果你知道我指的是什么的话。然而，在她被绑架的那天，是她主动提出来的。"

"说真的，警长，我不明白我侄女的性生活跟这有什么关系。我有点好奇，你到底知不知道你在讲些什么，胡说些什么。我还是要问你，你想说的重点是什么？"

"重点是，当弗朗西斯科告诉我这些时，他说苏珊娜有一种预感……但我不相信预感这种东西。这不是预感，而是别的什么。"

"是什么，在你看来是什么？"医生讽刺地问道。

"永别。"

利维娅离开前说了些什么？这是我们在一起的最后几个小时了，我不想糟蹋它们。她想与我做爱，想把这当作一次短暂的离别。可如果这是一次长久的分离，甚至是永别呢？因为苏珊娜知道，不管她的计划成败与否，他们的感情都将会结束。这就是代价，她不得不承受的高昂代价。

"因为她早在几个月前就申请去非洲，"警长接着说道，"两个月前，那会儿她便有了其他想法。"

"其他想法？听着，警长，你不觉得你是在滥用……"

"我在警告你，"蒙塔巴诺冷冷地说道，"你的回答是错的，问的问题也是错的。我来此是为了摊牌和表达我的怀疑……或者说，我的希望。"

为什么他用了"希望"这个字眼？因为正是"希望"让天平完全倾向了一边，对苏珊娜有利的一边。也正是"希望"这个词让他最终说服了自己。

这个词的出现让医生彻底乱了阵脚，他无法张口说话。女孩的声音打破了黑暗中的沉默，这也是她首次出声，声音中带着犹豫，尽管也承载着满满的希望：希望被理解，这是发自她内心的。

"你是说……希望？"

"是的。能够把深刻的仇恨转变为深刻的爱意的希望。"

他听见从女孩坐的长椅方向传来一阵抽泣声，但接着就消失了。他点燃了一根烟，借着微光看见医生的手在微微颤抖。

"来一根吗？"他问医生。

"不用。"

他们对于自己做的决定态度坚决，米斯特雷塔一家人都是如此。这样也好。

"根本就没有什么绑架案。那晚你，苏珊娜，没有走老路回家，而是选了一条人迹稀少的泥土路，你叔叔的SUV就在这条路上，他就在车里等你。你丢下自己的摩托车，上了SUV，趴在后座上。接着你叔叔就开车带你回到他的别墅。就在医生别墅旁边的那栋建筑里，一切都提前准备好了：床铺、食物，等等。女仆无论如何也不会进到那里。谁会想到在被绑架者的叔叔家里寻找受害者呢？你就是在那儿录下了录音。此外，医生你用伪装的声音谈着数十亿的赎金。对你这样上年纪的人来说，用欧元思考很不习惯，所以你照了那张拍立得，在背面写上了字。你想方设法让自己写的字容易辨认，因为就像其他医生一样，你的字迹很模糊。我从来没有进过那栋楼，不过医生，我敢说你一定在那儿安了电话分机。"

"你怎么知道的？"卡洛·米斯特雷塔问道。

"我这么说是因为你二人想出了一个妙计来转移嫌疑。你在百忙之中抓住了机会。在知道我要来别墅后，苏珊娜用第二台留言机打来电话，说明赎金的数额，那会儿我正在跟你说话。当拿起分机处的话筒时，我听到了电话的响声，但一开始我却不明白。总之，这不难判断，只要我打给电话公司就能弄明白。这是可以作为证据的。医生，我要接着说下去吗？"

"接着说。"

苏珊娜回道。

"我还知道，因为是你告诉我的，那栋建筑里有一台榨酒机。因此桶之间必须留有发酵的空间。我敢打赌那个房间有扇窗户，并且你在拍照的时候会打开窗户，而且是在白天。此外，你需要一盏灯来把桶内照亮。但有一个细节被你忽视了，否则这精心策划的一切便足以让人信服。"

"什么细节？"

"医生，在照片里，也就是桶边缘的地方，好像有一道裂缝。我把照片放大后发现那不是裂缝。"

"那是什么？"

警长能感觉到苏珊娜也想问同样的问题。他们依然不知道自己在哪儿犯了错误。他感觉到医生转头看向苏珊娜，他的神情充满疑问，尽管这些是警长看不到的。

"那是一个废弃的发酵温度计。上面布满了蜘蛛网，又脏又黑，跟墙面融为一体，难以辨认，因此你没有注意到它，但它依然在那里。这就是确凿的证据。现在，只要我起身走到屋内，拿起电话打给法官，得到搜查令，叫来我的两个人看着你，就可以搜查你的别墅，医生。"

"这对你的事业来说可真是向前迈了一大步。"米斯特雷塔嘲讽地说道。

"你又错了，而且完全错了。我的事业不需要迈步，不管是向前还是向后。我这么做不是为了你，医生。"

"难道是为了我？"

苏珊娜吃惊地说道。

是的，为了你。因为我被你那深刻、强烈、绝对的仇恨心理所迷惑。你头脑里那些残忍的念想，你为了达到意图所采取的冷酷、果敢、耐心的态度，以及你算计好你要付出的代价，并且为此做好了准备，这些都吸引着我。我这么做也是为了自己，在所谓的法律庇护下，总是有人因为别人的不幸而遭受痛苦或从中获利，这是不应该的。一个人，在他事业的终点，会与他曾经维护的事物为敌吗？

因为警长没有回答，女孩说了些甚至不算问句的话。

"护工说你想见见妈妈。"

是的，我想见见她。看着她日渐衰弱地躺在床上，与其说是躯体，倒不如说是一个物件，一件会发出呻吟声，承受了可怕遭遇的东西。那会儿我并没有意识到这些，我想知道你心里的仇恨源自哪里，随着药物、粪便、汗液、疼痛、呕吐、脓液和腐坏渐渐让床上这个人的心脏衰竭，你的仇恨是如何失去了控制，变得一发不可收拾。你的仇恨传染给了亲近的人……但没有传染给你父亲，你父亲什么都不知道，他根本不知道这是一场骗局……对于他信以为真的这场绑架案，他非常痛苦……但同样，你们愿意为之付出代价，以及让别人付出代价，因为真正的仇恨不会因为绝望和无辜的泪水而消失。

"我想要知道理由。"

海上开始电闪雷鸣。虽然离闪电还很远，但大雨就要来了。

"因为要报复你舅舅的念头就是在那间宅子里萌生的，在某个你照顾着你母亲的可怕夜晚。是这样吗，苏珊娜？最开始可能只是你的疲劳、沮丧和绝望在作祟，但很快这个念头越来越强烈，让你无法摆脱。因此，就当作是消磨时间，你开始付诸行动，让你的妄想变为现实。你起草了计划，夜以继日，并让你叔叔来帮助你，因为……"

停，别说了！你不能这么说。这只是你在这个特殊时刻刚刚想到的而已。在你说之前你要想清楚——

"说！"医生轻声但坚定地说道，"因为苏珊娜发觉我一直爱着朱莉娅，这份爱是没有希望的，但它却成为一个阻碍，我无法过自己的生活。"

"因此，医生，你一时冲动下便决定破坏安东尼奥·佩鲁佐的声誉，通过天衣无缝地操纵民意。你把装满钱的手提箱调包成了装满碎纸屑的行李袋。"

开始下毛毛细雨了。蒙塔巴诺站起身来。

"走之前，为使我的良心免受谴责……"

他的声音十分严肃，但他无法对此做出改变。

"为使我的良心免受谴责，我不能允许那六十亿里拉继续放在——"

"放在我们手里？"苏珊娜接过他的话说道，"钱已经不在这儿了。那笔钱本来就是妈妈借给舅舅的，他一直没还回来。我们没有留下那笔钱。卡洛叔叔帮着打理财产，他的一位客户从旁协助。那个客户永远不会说出去。钱被分成了几部分，大多数已经汇到国外。那笔钱匿名捐给了五十个人道组织，如果你想看的话，我可以进去拿名单。"

"不用了，"警长说，"我要走了。"

他隐约看到医生和女孩也站了起来。

"明天你来参加葬礼吗？"苏珊娜问道，"我非常想……"

"不！"警长回答道，"我唯一的心愿是，苏珊娜，你不要辜负了我的希望。"

他意识到自己说话的方式像个老头，但他对此一点儿也不在意。

"祝你们好运！"他轻声说道。

他转过身来，背对着他们向车走去，打开车门，点着火，没开几秒便在紧闭的大门前停下了。他看到女孩在倾盆大雨中向大门跑过来，在车头灯的照射下，女孩的头发像起舞的火苗。女孩打开了大门，没有转身看他。他也一样，没有看她。

※

在回马里内拉的路上，雨越下越大，宛如倾盆而下。有一阵儿他不得不停下车，因为雨刷承受不了这大雨的攻势。接着仿佛一瞬间大雨停了，他走进餐厅，但发现自己忘记把阳台的玻璃门关上，地板全湿了，他不得不用拖布把地板拖干净，然后打开室外灯走出了房间。暴雨冲走了蜘蛛网，灌木也被冲刷干净，湿淋淋的，但透着光亮。